Une brève libération

DE LA MÊME AUTEURE

Un héros, Grasset, 2012 ; Le Livre de Poche, 2013
Gratis, Gallimard, 2015
La France retrouvée, Flammarion, 2017

Félicité Herzog

UNE BRÈVE LIBÉRATION

roman

Stock

Photographie : Robert Doisneau / GAMMA RAPHO
Dessin : Ludmila d'Oultremont

ISBN : 978-2-234-09402-4

« Quel est ce sentiment qu'on appelle l'amour
chez les mortels ?
– Le plus doux, ma fille, et le plus amer tout
ensemble. »

EURIPIDE, *Hippolyte*

« Je ne ressentais ni indignation, ni sentiment d'ironie,
mais une vague angoisse. Celle qui vous trouble
au zoo devant les survivants d'une espèce éteinte. »

A. DE SAINT-EXUPÉRY, *Lettre à un otage*

« L'espoir recommençait, mais je savais que plus jamais
la fallacieuse innocence du passé ne ressusciterait. »

S. DE BEAUVOIR, *La Force de l'âge*

À Simon Nora

Depuis le début de la guerre, May avait son jour. Comme d'autres grandes dames de Paris, elle accueillait, dans le salon du 36, cours Albert-Ier, une foule de relations et d'obligés qui y trouvaient, en période d'âpre rationnement, pâtés, légumes, champignons et volailles en tous genres, transportés par son chauffeur de la campagne aux cuisines, mais aussi chauffage assuré et conversation informée. Il n'était pas question de déchoir.

Elle se tenait ainsi, une main baguée sur sa hanche frêle, un léger mouvement de balancier, au centre d'une société si impudique par ses indiscrétions et par ses mots d'esprit qu'elle faisait doublement la publicité de ce qui devait rester confidentiel. Ses après-midi voyaient virevolter hommes politiques, représentants de la Kommandantur, écrivains, actrices et femmes du monde vêtues de Chanel ou de Schiaparelli, comme elle.

Les portes du salon, aux poignées octogonales, s'ouvraient sur des pièces aux tentures bleu nuit, plongées le soir dans une semi-pénombre par des bougeoirs, et illuminées à brusques intervalles par les feux des dernières péniches. La ville et la Seine semblaient lointaines, pourtant la rue n'était qu'à quelques mètres en contrebas.

On accédait à cet hôtel particulier par un grand porche, jouxtant celui de l'hôtel voisin du 34, plus impressionnant encore, par lequel s'engouffraient autrefois les voitures à cheval. Les parents de May y vivaient.

Ils avaient offert à leur fille et à son mari, Pierre de Brissac, l'écrin du 36 en cadeau de mariage, après que Paul Ernest Sanson, l'architecte du palais Rose, eut rénové ses pièces de réception. Le grand salon était orné de panneaux représentant des plantes et des oiseaux exotiques, inspirés de Jean-Baptiste Pillement et de Paul-Élie Ranson. Dans la salle à manger, décorée dans un style Louis XVI or et blanc, figuraient des natures mortes de Jean-Baptiste Oudry. Enfin, dans l'impressionnant vestibule, encadré par des battants à miroir, une jeune Égyptienne en albâtre recueillait un bébé, Moïse, sauvé des eaux. Elle renvoyait une image de bonté juvénile aux quatre coins du hall. Chaque fois pourtant, on était saisi par le décalage flagrant entre cette tendre compassion et la dureté des êtres qui habitaient ce lieu. La tendresse, ici, était prise dans le sceau de la pierre. Un escalier à révolution, en marbre blanc, courait sur deux étages. Une cathédrale à lui seul dans ce décor qui inspirait le sacré.

Marie-Pierre avait quinze ans, ce printemps 1940.

Au 36, cours Albert-Ier, personne ne doutait de la supériorité de l'armée française et de l'issue du face-à-face avec l'Allemagne. On considérait la France mieux armée, mieux entraînée, et l'on était certain que ses adversaires ne tiendraient pas le blocus qui leur avait été imposé. Deux lignes de défense seraient infranchissables – la propagande gouvernementale le serinait –, la forêt des Ardennes, et une construction de cinq cents kilomètres de long d'où les canons sortaient et disparaissaient à la demande. Dissimulées à vingt mètres sous terre, des troupes tireraient habilement les ficelles de cette guerre invisible au cours de laquelle pas une goutte de sang ne serait versée.

Les familles allemandes avaient consenti aux mêmes sacrifices que les familles françaises pendant la Grande Guerre. Elles avaient payé cette folie de pertes d'autant plus cruelles qu'elles semblaient à présent absurdes, monstrueuses, ayant décimé une génération de jeunes hommes. Les frères de May avaient combattu. L'un d'eux, Henri-Paul, n'en était pas revenu. Son étroit visage de vingt-deux ans, dissimulé sous une casquette d'aviateur, apparaissait dans chaque pièce, grâce à une photographie prise de lui dans la carlingue de son avion, peu avant qu'il ne tombe au combat en 1918.

Marie-Pierre et son frère, Bobby, avaient été envoyés en province pour la rentrée des classes d'octobre 1939, puis faute de danger probant, rapatriés dans la capitale brûlante de l'incandescence des villes qui ont craint de disparaître. Ils regardaient les festivités rythmant cette guerre étrange, étourdis par la foule qui parcourait les boulevards, hardie, bavarde, brillante à première vue, inégale à la deuxième, affluant à l'opéra et dans les cinémas. Les collections de couture avaient repris leurs droits, Balenciaga en tête des présentations. La guerre semblait s'être furtivement échappée du chapeau d'un magicien de l'histoire.

Le temps de leur enfance s'évanouit pourtant entre le 10 mai et le 10 juin.

La chambre de la jeune fille était située au dernier étage du 36. Après l'entrée des Allemands dans Anvers, la situation avait basculé en quelques jours. Maxime Weygand, le nouveau général en chef de l'armée française, avait annoncé au gouvernement qu'il n'avait pas assez de ressources pour constituer trois divisions. La rumeur de l'arrivée des troupes allemandes à Rennes et à Soissons provoqua la panique dans Paris.

Sous ses fenêtres, Marie-Pierre observa alors une cohue extraordinaire emporter promeneurs et cyclistes nonchalants. Chacun se ruait sur les routes à la suite des Belges. L'allée cavalière du cours Albert-Ier, créée par Catherine de Médicis – une promenade au bord de la Seine –, devint un défilé ininterrompu de voitures et de charrettes, où s'entassaient enfants, aïeux et animaux de compagnie par-dessus les matelas, se ruant vers une Loire présentée comme le salut. Des femmes et des hommes épuisés, au regard vide, anéantis par la chaleur caniculaire, manquant d'eau et de vivres, se succédaient, diffusant l'épouvante dans leur sillage. Paris dégorgeait ses droits, ses habitants et ses landaus. À l'effroi des familles s'ajoutaient la stupeur, la certitude d'avoir été trompé par la propagande gouvernementale, la terreur des gaz asphyxiants et même le souvenir de la férocité des Prussiens lors du siège de Paris en 1870, raconté par leurs aînés.

Puis Marie-Pierre aperçut à l'est des spirales de fumée s'élever du quai d'Orsay. Elles émergeaient timidement, refluaient parfois, chassées par le vent, avant de prendre leur envol définitif vers l'azur. Des correspondances diplomatiques, des documents compromettants s'évanouissaient par la voie des airs. Ce fut ensuite au tour du gouvernement de s'échapper pour Bordeaux. Tout était dit sur l'état d'esprit de ce pouvoir inapte à la guerre. Et des milieux dirigeants français déjà gagnés à la démission et à la cause hitlérienne. Personne n'avait imaginé, une seule seconde, l'entrée des Allemands dans Paris.

Dans la panique, l'amie de May, Marie-Laure de Noailles, fit volte-face à Fontainebleau au milieu de cohortes de véhicules pour revenir dans la capitale, striée d'avenues sur lesquelles planerait bientôt une tétanie mortifère. Le journaliste Boulos Ristelhueber, qui conduisait sa voiture, commenta : « Est-ce vraiment Paris, ce désert sinistre livré à la garde de quelques concierges ? »

Les divisions du Reich entrèrent alors sans résistance. Le commandement français avait abandonné la capitale à ceux que les Parisiens considéraient déjà comme leurs vainqueurs. Ville ouverte, pays ouvert ? Paris, non stratégique ? Ou Paris, ville si singulière que personne ne pouvait gagner son cœur, si éblouissante qu'on la laissait se défendre seule, par sa beauté et sa grandeur ?

Des généraux au regard de braise, émaciés, exsudant le nazisme, descendaient l'avenue des Champs-Élysées à cheval. Marie-Pierre entendait le crépitement interminable des sabots heurtant le pavé et les parois de son cerveau. Leurs mitrailleuses et leurs chars avaient été, contrairement à ceux des Français, au bon endroit au bon moment.

Rien ne semblait pouvoir les arrêter. Leur foi dans un ordre nouveau, qui distinguerait une race supérieure, les galvanisait sans que l'on pût comprendre ce qu'ils entendaient par là ; l'instauration d'un Reich pour mille ans – pourquoi pas dix mille ans, ou cent mille ans ? L'élimination des juifs, des francs-maçons, des bolchéviques, des Tziganes et de tout être impropre à leur aryanité... Les Français étaient faits comme des rats après s'être conduits en enfants de chœur. Hitler avait dit sur la réussite de son plan d'attaque : « J'en pleurerais de joie ». Il avait gagné son pari, contre toute attente.

Le lendemain du défilé de la Wehrmacht, Marie-Pierre traversa l'avenue la plus prestigieuse du monde, désertée et déshonorée. Un jeune homme la frôla à bicyclette. Il la salua en soulevant sa casquette et leurs regards se croisèrent. Ils exprimaient le même désenchantement malgré le coup d'œil lumineux que lui jeta le cycliste.

« Voir les Champs-Élysées comme ça nous laisse un goût de cendre, non ? Allez, ne perdez pas espoir, mademoiselle, on les mettra tous dehors ! » lui lança-t-il, en continuant sa course.

La génération née aux lendemains de la Grande Guerre venait d'assister à l'effondrement calamiteux du pays et au discrédit de ses parents, pris la main dans le sac de l'arrogance et de la lâcheté. Elle ne savait plus vers qui ou vers quoi se tourner. Un régime dirigé par un vieillard à la botte de l'Allemagne ? Un gouvernement vichyste frelaté ? Des communistes qui pactisent avec les Allemands ?

Avoir vingt ans en 1940, c'était se demander si l'on n'allait pas, tôt ou tard, se soumettre aux nazis. C'était penser que l'on obéirait un jour à des maîtres.

Lunettes rondes et figure sévère, le docteur Gaston Nora était un homme de rigueur, qui avait combattu pendant la Grande Guerre et, à l'âge de cinquante et un ans, répondu de nouveau à l'appel en 1939 pour « la der des ders des ders »... À peine démobilisé de son unité à Versailles en juin 1940, il avait repris ses fonctions de chef de service d'urologie à l'hôpital Rothschild. Dès l'aube, il enchaînait les interventions chirurgicales, rentrait à son cabinet effectuer ses consultations privées, puis retournait à l'hôpital contrôler ses opérés. Il dînait sobrement dans son bureau, en compagnie de Julie, sa femme, tout en écrivant son courrier et en passant des appels de praticien. Il avait des rapports heurtés avec Simon, son fils aîné, qui n'entendait pas se soumettre à une telle austérité.

L'irradiation estivale envahissait l'appartement familial, rue La Boétie, déserté par son épouse et ses jeunes enfants, réfugiés à la campagne. Le cabinet médical faisait face à deux salons, dont l'un faisait office de salle d'attente. Aux murs figuraient des rangées de photos familiales d'enfants apprêtés, aux yeux clairs, posant avec leurs parents concentrés sur l'objectif.

Le chirurgien ressemblait en cet instant à un instituteur de la IIIe République morigénant un élève.

« Je ne supporte plus tes fréquentations avec ces jeunes communistes ! Regarde leur pacte avec Hitler ! Tu ne comprends donc pas qu'il est impossible de compter sur ces gens-là ? » assena-t-il. Le docteur Gaston Nora était furieux. Son fils, qui venait d'arriver à bicyclette, beau comme un astre – un front calme, le regard généreux et un léger sourire aux lèvres –, lui répondit posément.

« Au moins auront-ils tenté de combattre les fascistes... Les communistes, eux, n'auraient jamais lâché les républicains en Espagne. »

Issu d'une vieille famille juive de Lorraine, Gaston vivait dans la hantise des persécutions. Avec des amis, il avait assuré la traduction de *Mein Kampf*, dans une version non expurgée des passages antisémites, afin d'informer les Français sur les véritables desseins du nazisme. Il était renseigné par un de ses camarades de combat du 114e bataillon de chasseurs alpins sur ce que Vichy ourdissait depuis l'été. Une politique de ségrégation contre les juifs se préparait, au mépris de tous les principes républicains. Quelques patients, réfugiés d'Allemagne, lui avaient aussi apporté des témoignages irrécusables sur le régime concentrationnaire et sur la folie nazie qui s'était emparée de la patrie de Goethe. Il pensait néanmoins que les familles juives de France seraient préservées par leur assimilation. Le maréchal n'avait-il pas dit qu'il protégerait tous les Français ?

Reste qu'envoyer des colis dans des camps en Allemagne et fréquenter des communistes ne pouvait que compromettre son fils, et sa famille par la même occasion. C'était une folie. Ils ne devaient se faire remarquer sous aucun prétexte. Lui-même était, de plus, très en vue en tant que chirurgien et soignait de nombreuses personnalités.

« Crois-moi, j'ai payé pour voir... J'aurais accompli cent fois plus au cours de ma carrière si je n'avais pas été victime de... » Il s'interrompit, se racla légèrement la gorge et reprit « ... de la haine contre les israélites, qui s'empare maintenant de mes propres camarades de tranchées ! Regarde mon compagnon, Xavier Vallat, que j'ai ramené sur un brancard sous le feu des mortiers, au péril de ma vie, et qui se révèle, depuis l'élection de Léon Blum, un chantre de la haine antisémite ! Pour l'instant, je les opère, je les soigne ; nous sommes liés par la solidarité des armes, donc nous sommes protégés. Mais demain ? »

Il prit brusquement son fils par les épaules.

« Simon, n'oublie pas que tu es juif. Ne donne pas des arguments à ceux qui dénoncent un complot judéo-bolchévique !

– Je ne suis pas juif, je suis français. Je ne vais pas à la synagogue, je connais à peine les prières. On n'a jamais célébré le shabbat. Seule Maman tient aux grandes fêtes avec ses sœurs. Explique-moi ce qui fait la différence entre les autres et moi. »

Gaston se mit à marcher en long et en large, les bras croisés derrière son dos, devant une table où reposaient des instruments médicaux, des dictionnaires et un amas de classeurs et de journaux.

« Je n'ai pas de bonne réponse à cette question. Mais je n'ai pas travaillé toute ma vie pour t'offrir la meilleure éducation et te voir tout gâcher !

– Papa, je ne peux pas étudier sereinement quand mes camarades sont pourchassés ! »

Le docteur Nora prit un air las. Il s'assit dans son fauteuil et saisit son front entre ses mains. Son fils aîné le rendait fou, avec son indépendance d'esprit forcenée, ses dons intellectuels et cette impulsivité qui ne diminuait pas avec les années.

« Jamais je n'aurais dû t'envoyer chez ce vieil anarchiste de Juillet il y a quelques années !... Charles Juillet... Voilà celui qui t'a mis tout cela dans la tête ! Et dire que j'ai eu la faiblesse de l'aider à monter son internat, enfin cette espèce de pension... Avec sa cour de réfugiés d'Allemagne et d'Autriche, soi-disant professeurs, hébergés à l'œil, qui débitaient leurs fadaises trotskistes et discutaient à loisir de la IIe Internationale... Il était si facile d'encourager à la révolte un jeune garçon... ! Tout ceci est consternant et ne créera que du désordre. Il suffit de voir le cauchemar de la révolution léniniste, et maintenant de Staline !

– Passer mon année de première au Portique m'a non seulement permis de guérir de mon infection pulmonaire, mais aussi de rencontrer des personnalités différentes, anti-conventionnelles. J'y ai découvert Marx, c'est vrai, mais je ne suis pas devenu marxiste, Papa. En un mot, le Vercors m'a permis, pour la première fois de mon existence, de me sentir libre. Et notamment vis-à-vis de toi... de tes ambitions, et de ta volonté... », lança Simon.

Il attendait une réaction outrée. Il ferraillait avec son père depuis l'adolescence sur ses amitiés trotskistes et ses désirs d'indépendance. Mais, le regard embrumé derrière ses verres, son père lui parla sourdement.

« Tu ne sais pas ce qu'est la guerre... Tu ne veux même pas savoir ce qu'il en est... Aucun d'entre nous ne voulait revivre cet enfer. Il fallait l'empêcher. À n'importe quel prix. »

– Pourtant notre faiblesse nous y a conduits tout droit ! répondit Simon. Plus nos démocraties sont lâches, plus Hitler avance. Sa folie démiurgique est totale.

– La France est solide, elle en a vu d'autres. Balaie-t-on plus d'un siècle de conquêtes démocratiques d'un trait de plume ? dit le docteur Nora en chassant l'air de la main.

– Pardon, Papa, mes *camarades anarchistes*, comme tu dis, m'affirment que les gendarmes français, encadrés par des lieutenants fascistes, n'ont rien à envier à leurs congénères nazis... Quant à ton régime...

– Je t'interdis de parler de la France dans ces termes ! Ce qui se passe ne représente en aucun cas notre pays. En 14, nous avons risqué notre peau sous les mortiers. J'ai soigné et opéré des jeunes de vingt ans défigurés, amputant leurs doigts de pieds gelés, quand je n'abrégeais pas carrément leurs souffrances ! Nous vivions dans la boue jusqu'au ventre, nous avons combattu jusqu'à la mort, jusqu'à la folie, dans les tranchées grouillant de rats et de vermine ! Et tu sais très bien que je me suis rengagé comme capitaine dès l'année dernière ! Regarde cela, Simon, regarde... »

Il sortit avec nervosité sa croix de guerre du tiroir de son bureau, la frotta du revers de sa manche par petits coups secs, et la planta droit devant les yeux de son fils.

Un épisode lui revint brusquement en mémoire comme un indice notable de la scène d'un crime. Marie-Pierre se souvint de la fin des vacances de l'été 1938, peu avant la rentrée d'octobre, au château de ses grands-parents, dans le Berry. Après une ultime journée de chasse, ils s'étaient assemblés dans le grand salon du château d'Apremont, face à une cheminée bourguignonne monumentale, une restauration baroque. Les fenêtres à carreaux en losanges, teintées de nuances de vert, étaient largement ouvertes sur les prairies dont les foins avaient été, par certains endroits, tardivement coupés. La lumière mordorée de septembre engendrait des couchers de soleil d'une confusion volcanique, qui contrastaient avec la plénitude des champs où des charolaises, d'apparence immobile, broutaient dispersées, tandis que son père s'escrimait à identifier l'onde de radio qui leur permettrait d'écouter l'intervention du chancelier du Reich à Berlin.

Ils étaient parvenus à l'issue de la torpeur estivale – cet espace-temps où chacun se résigne au repli automnal –, à se séparer de la famille, des amis et à revenir à la ville. Le dernier dîner de la *villeggiatura*. Une de ses tantes louait la taille d'une carpe exceptionnelle aperçue à la surface d'un étang l'après-midi même. May mentionnait la nécessité urgente de racheter des cartouches pour la saison de tir. Son père, Tom Pa, écoutait la conversation effervescente, légère, irréelle, avec une concentration feinte et une lassitude non moins flagrante. Il surveillait les progrès de Pierre qui, manipulant le poste de radio avec le brio d'un cambrioleur jouant des combinaisons d'un coffre, finirait par trouver un moyen de capter le discours du chancelier.

La voix concentrée de rage du Führer s'empara brutalement du poste de radio et rompit leur havre de courtoisie réglementaire. Chacun prêta l'oreille pour tenter de saisir cet allemand saccadé et virulent, cette langue que seuls Marie-Pierre et son grand-père étaient à même de comprendre ; lui parce qu'il venait de Lorraine, et elle, car sa gouvernante était autrichienne. Hitler vitupérait contre les Tchèques et invoquait la détresse de son peuple, si vulnérable qu'il allait d'ailleurs envahir la Tchécoslovaquie de ce pas. Marie-Pierre se rappela clairement cette phrase, saisie lors de cette courte séquence, qui l'avait glacée par son caractère blasphématoire et qu'elle chercherait ensuite vainement à comprendre : « Nous avons appris, en ces années, à mépriser les démocrates mondiaux. »

La conversation reprit bruyamment ses droits à l'issue du discours, chacun quêtant l'interprétation de l'autre et devisant des conséquences d'une pareille annonce. La Tchécoslovaquie était lointaine ; étaient-ils vraiment concernés par cette querelle de voisinage ? On allait trouver une solution. Chacun se leva pour gagner la salle à manger de la tour ouest, à travers l'enfilade des différents salons, le salon des Dames, puis le salon Masseran, dans un défilé à la fois informel et élégant. Les enfants volaient au secours des plus âgés pour les aider à s'extraire de leur fauteuil. Les hommes prenaient les femmes en robe du soir à leur bras et s'alignaient, au fur et à mesure du passage des pièces, selon une préséance tacite. Marie-Pierre regardait le visage de Tom Pa, qui laissait passer les uns et les autres. Il était blême. Il prit sa canne et se dirigea vers la salle à manger sans mot dire.

La guerre était à leurs portes.

L'effroi et la honte ravageaient tout sur leur passage. Il était stupéfiant de découvrir chaque matin le pays, pauvre hère décapité implorant un vieux maréchal. Les institutions les plus respectées – ministères, tribunaux, universités, grandes écoles – s'effondraient les unes après les autres. Les journaux se sabordaient en rafale : *L'Aube*, *L'Époque*, *L'Intransigeant*, *L'Ordre* et *Le Populaire* sombraient dans la débâcle, d'autres fuyaient en zone « préoccupée », comme circulait le bon mot. Une censure vigoureuse, et une autocensure bien plus coercitive, se mettaient simultanément en place. La prise du centre névralgique de la France assurait aux Allemands le pouvoir de fait.

Ce qui restait dans la ville obscurcie était électrisé, aiguillonné par l'humiliation, l'incertitude et l'intérêt. Dans des tripots de circonstance, des paris étaient mis au jour, d'autres restaient dissimulés. Après des années de poker menteur, chacun dévoilait maintenant ses convictions et ses intentions. Devant quatre-vingts députés rassemblés au Petit Casino de Vichy, le 5 juillet, Pierre Laval abattit ses cartes : « Nous voulons détruire la totalité de ce qui est. Ensuite, cette destruction accomplie, créer autre chose, qui soit entièrement différent de ce qui a été, de ce qui est... », puis il assena : « De deux choses l'une : ou bien vous accepterez ce que nous vous demandons, et vous vous alignerez sur la Constitution allemande et sur la Constitution italienne, ou bien Hitler vous l'imposera. » À Paris, on se nourrissait chez Maxim's, Prunier, ou à la Tour d'Argent, de conciliabules et d'âpres illusions.

L'hôtel particulier du 36, cours Albert-Ier se remplissait, telle une fiole, de rires cachés, de froissements d'étoffe, d'intrigues et de grincements de parquet. Rien n'était autorisé et tout était permis. Les adultes devenaient des enfants subitement livrés à eux-mêmes, affranchis de la gangue morale qui organise toute société ; ils semblaient même revivre grâce à cette adrénaline. Elle leur fournissait, comme une pièce de théâtre improvisée, une succession de scènes qui faisaient d'eux les acteurs d'une nouvelle existence plus dramatique et plus intense que la première.

May était l'amie intime de Josée, la fille unique de Pierre Laval. Elles s'étaient rencontrées lorsque

Laval, alors avocat, avait fait la connaissance de Tom Pa. Inégalables et enviées, issues de puissants, mariées à des faire-valoir, elles étaient devenues les maîtresses de leur époque. Elles avaient développé leur propre science des situations et traversé, main dans la main, une décennie explosive qui voyait le vieux monde refuser de disparaître, alors que concouraient les forces subversives de la création, de l'information et de la vitesse.

Elles avaient affronté, toutes deux, les humiliations engendrées par une filiation périlleuse.

Pour Josée, Pierre Laval, un père révéré, nouveau chef du gouvernement de Vichy. Un homme de pouvoir, également craint et conspué, victime de calomnies incessantes. Dès les années 1930, il était qualifié par Paul Claudel de « type de *gipsy* » et de « maquignon », par Charles Rist, de « bâtard d'un Tzigane et d'une bouchère auvergnate », et enfin, de « métis de juif et de Tzigane, de débris fait derrière une roulotte » par Pierre Drieu la Rochelle… Roué, le père de Josée répondait à ses adversaires : ni sidi, ni juif, ni franc-maçon – mais oui, une tare, auvergnat. Il suivait d'ailleurs, avec une méticulosité paysanne, l'exploitation de sa ferme à Châteldon. Voyageant avec lui en toute occasion, présentée au pape autant qu'à Staline, la fille avait fini par se substituer à la mère. Son père était son idéal d'homme. Ils vibraient à l'unisson malgré les attaques et les tentatives de renversement ; Josée incarnait, aux yeux de tous, la véritable Mme Laval.

Pour May, une parenté double, antinomique : d'un côté, un père officiel, Eugène Schneider – surnommé Tom Pa –, homme de pouvoir intransigeant, appartenant à la troisième génération d'une dynastie d'industriels de l'acier ; de l'autre, son vrai géniteur, Boni de Castellane, aussi extravagant qu'insaisissable. L'héritière de la dynastie des Schneider était issue d'un pari, effectué par Boni, à la fin d'une partie de billard, un soir de fête paillarde avec ses plus proches amis. L'objet : conquérir Antoinette, l'épouse du grand industriel. Celle-ci s'était retrouvée enceinte et tout le monde avait jeté un voile pudique sur cette liaison, devenue passionnelle, et sur la petite fille qui en était née. May était condamnée à ignorer un homme dont elle était le sosie. Aucun des deux pères – ni l'officiel, ni l'officieux – ne pouvait, compte tenu des usages et des enjeux patrimoniaux, lui procurer un amour légitime. On ne pouvait que percevoir l'étrange mélancolie de son infortune, mi-officielle, mi-secrète, May tenant par-dessus tout aux apparences sociales.

Une représentation compulsive leur tenait lieu de grammaire de vie. Josée et May étaient dotées de corps juvéniles, menus, anguleux. Elles étaient de toutes les collections de couture, de tous les goûters, de tous les concerts. La guerre figeait les avenirs et il fallait remplir l'inquiétude de vivre par l'éphémère présent. L'existence des deux amies était un manège mondain dont la vélocité augmentait au fur et à mesure de l'aggravation du conflit.

Les habitants de la capitale se retrouvaient dans les quelques lieux omis par les interdictions allemandes, qui frappaient toute réunion publique : devant les magasins – files d'attente propices à l'échange d'information –, dans les bibliothèques, les salles de cinéma et de théâtre, refuges chauffés. Chaque jour, ils subissaient le ravivage de la flamme, sous l'Arc de Triomphe, accompagné d'une musique militaire allemande, au son des cuivres et d'une grosse caisse de la Wehrmacht.

La vie mondaine était exaltée par les occupants, pourvu qu'elle servît leurs intérêts. Otto Abetz, futur ambassadeur d'Allemagne à Paris, avait rencontré Pierre Laval dès son accession au pouvoir ; May et Josée se retrouvèrent donc au premier buffet de Noël organisé par l'ambassade d'Allemagne. Sa femme Suzanne avait souhaité une soirée strictement francophone. L'actrice Corinne

Luchaire apparut, blanche comme l'armistice. Les aviateurs allemands portaient, eux, un uniforme de ville, traduisant les codes vestimentaires de la paix germanique. Ce soir-là, les Français promoteurs d'une association totale avec l'Allemagne célébraient leur victoire, assurée par le ralliement des Russes au Führer. L'Angleterre, seule, persistait à se battre par la voie des mers et des airs.

Aux réceptions données dans les jardins de l'ambassade, où jouait un orchestre dirigé par Herbert von Karajan, s'ajoutaient les *garden-parties* organisées par l'ambassadrice à la piscine du Racing, au bois de Boulogne. À Paris, la cadence mondaine avait repris un rythme de croisière. Défilés des collections : Lanvin, Marcelle Chaumont, Schiaparelli, Balenciaga. Apparition des collerettes de Chanel, capes de Jean Patou, robes *Frou Frou* de Lelong, robes à fleurs de Vionnet... Goûters Morand, Polignac et d'Harcourt... Concerts Beaumont dirigés par Messiaen, et inaugurations d'expositions, la plus prisée étant celle présentant les super *Menschen* du sculpteur Arno Breker au musée de l'Orangerie.

Le royaume d'Otto Abetz, qui contrôlait information, arts et lettres, se mettait peu à peu en place, et avec lui, une mécanique irrésistible d'intérêts et de sujétion. Chacun se voyait, se mesurait, se comparait et appréciait ses chances auprès du nouveau pouvoir. Une forme de peste leur était inoculée.

May caressait depuis longtemps le vent mauvais.

1935, Marie-Pierre avait onze ans... Un après-midi, les rayons de soleil réchauffaient les panneaux du grand salon à travers les feuilles mouvantes des marronniers, illuminant un personnage aussi impressionnant que pittoresque. Un général italien, proclamé vice-roi d'Éthiopie, dont le fracas des bottes résonnait sur le parquet comme sur le sol d'une caverne, fit irruption dans la pièce en tenue de carnaval. Les vantaux des portes, dorés dans l'art rocaille, et les lustres, ornés de feuillages et de fleurs en porcelaine, donnaient un tour irréel à l'apparition de l'étrange invité.

Buongiorno, ma chère May, quel honneur d'être reçou par vous ! quel bonheur de vous voir...

– Cher Général, je suis si flattée par votre aimable visite. Permettez-moi de vous présenter ma fille, Marie-Pierre, qui rêve de vous rencontrer.

– *Bella bambina* ! »

La petite fille était là, vêtue d'une robe à franges et de ballerines. Impeccable et stupéfaite. Une poupée.

L'homme s'assit pesamment dans un des fauteuils de soierie d'or qui venaient tout droit de la chambre du roi à Versailles. L'horloge à mécanisme, ramenant un peu de dignité à cette rencontre sans grâce, tinta cinq fois. May, les cheveux mi-courts, de Chanel vêtue, se penchait sur la violence masculine avec la grâce impassible d'une déesse de l'Olympe. Elle aimait le combat et se rendait avec ses amies à des matchs de boxe, imperturbable au milieu des hurlements de la foule transpirante.

Le général Badoglio était venu lui raconter – pourquoi, Marie-Pierre l'ignorait – sa victoire récente sur les troupes de Haïlé Sélassié. Il avait reçu la charge de l'annexion militaire de l'Abyssinie, décidée par Mussolini, qui rêvait de créer un grand royaume fasciste. Sous son commandement, les troupes italiennes n'avaient pas hésité à larguer des milliers de cocktails de gaz sarin sur les civils, sur les enfants.

« Madame la Douchesse, j'ai réussi à mettre à terre des centaines de milliers de barbares ! C'était triste, bien sour, mais nous n'avions pas le choix ! C'est votre ami, Pierre Laval, qui a persuadé le gouvernement français et la Grande-Bretagne de nous laisser les mains libres... !

– Général, vous êtes si courageux ! » commenta May, ses chevilles de porcelaine posées sur un coussin rouge bordé d'un galon d'or.

Pierre Laval, comme les Anglais, avait donné son accord à cette entreprise, pensant s'attirer les bonnes grâces de l'Italie à la barbe de l'Allemagne. Marie-Pierre avait l'impression de jouer dans une représentation théâtrale dans laquelle elle ignorait quel était son rôle.

« Si vous saviez, ma chère May, quels dours combats j'ai menés... J'ai souffert le martyre ! »

Pris d'une inspiration sans doute provoquée par l'excitation de plaire, l'invité extravagant remonta alors, brusquement, un pan de son pantalon. Une cicatrice monstrueuse cisaillait son mollet, révélant des amas sinueux de peau rétractée. Des racines avaient pris corps dans ses muscles herculéens et vulgaires. Elles semblaient vivre leur propre vie. Elles bougeaient lorsqu'il contractait ses muscles, irrigués par des fleuves bleus. La tranchée dilatée par ses chairs évoqua à la petite fille la peau putréfiée des cadavres, leurs visages défigurés, la terreur des enfants fuyant dans les villages, le poison insufflé dans leurs organes. Ses joues s'embrasèrent, ses pensées tourbillonnèrent entre gaz et désert. Son cerveau crépita d'attaques diffuses. Marie-Pierre respira bruyamment, puis suffoqua, incapable de reprendre sa respiration. Un grand blanc l'emporta. La gouvernante accourut avec un gant glacé. On la fit sortir du salon à grand renfort d'excuses et d'explications embarrassées.

Peut-être parce qu'elle était issue d'un désordre filial, May aimait l'ordre et le faire régner. Enfant naturelle, elle avait dû s'imposer. L'amour de sa mère, Antoinette, n'avait pas compensé cette donne délicate, dans un univers où la filiation était la clé de toute existence. Passagère clandestine d'une passion amoureuse, elle s'était retrouvée dans un face-à-face avec des demi-frères, résignés à l'apparition de l'impromptue « petite dernière ».

La brouille de Jean et Charles Schneider avec leur père avait, au passage, anéanti leurs relations. Exclus par Tom Pa de la direction de l'entreprise familiale en 1924, par le biais d'une manœuvre inique, les hommes ne voyaient plus leurs parents et leur demi-sœur depuis lors...

La froideur de May, un voile de tristesse ou d'amertume que l'on aurait pu confondre dans sa jeunesse avec de la simple réserve, était devenue un détachement de tout et envers tous, à l'exception d'un seul homme : Paul Morand.

L'hôpital Rothschild ressemblait à un collège avec ses briques et ses toits mansardés. Un orphelinat du même nom lui était adjacent dans ce quartier populaire du XIIe arrondissement. Ce matin d'automne 1940, Simon longea le mur du grand quadrilatère, traversa une petite cour pavée et franchit le porche, rue Santerre, qui donnait accès à une pelouse encadrée par une quinzaine de pavillons à deux étages. Il marcha vers celui qui était dédié à l'urologie.

Le docteur Nora, entraînant à sa suite une cohorte d'internes empressés, arpentait la salle de l'étage réservé aux hommes, s'arrêtant devant le lit de chaque patient qu'il avait opéré. Convoqué pour une discussion en tête-à-tête, Simon se posta à l'entrée de son service. Il observa avec attention cette salle où les blessés de la Grande Guerre avaient été soignés, toutes religions confondues. Le bâtiment avait repris ses couleurs d'hôpital de guerre depuis la débâcle, le retour des soldats du front de Dunkerque, et avec eux, les victimes de l'immense déroute.

L'étudiant observa le grand professionnel se pencher au chevet d'un homme à l'air hagard, l'abdomen gonflé, entouré d'un pansement, râlant comme une bête; le chirurgien répondait à ses appréhensions, calmait ses inquiétudes et donnait des instructions précises aux infirmières. Son expression et ses gestes dénotaient une bonhomie, et même une douceur, que Simon n'était pas habitué à voir chez lui. Il ne pouvait se défaire d'un sentiment de jalousie fugace; il admirait pourtant l'abnégation de son père envers ses malades, notamment juifs, au moment où ceux-ci étaient ostracisés par le pouvoir à Vichy. Ostracisés et martyrisés.

Simon était fier de son père – et malheureux.

Il souffrait pour lui de ce régime qui trahissait sans vergogne son amour de la France au nom de critères confessionnels et raciaux absurdes. L'aigle se rapprochait en spirales serrées, de menaces en mensonges, d'intimidations en extorsions. D'abord sous-évaluée, brocardée, puis niée, l'idéologie du Reich fondait sur la France.

La France des Ombres succédait à celle des Lumières.

Lorsqu'il aperçut son aîné, Gaston perdit la figure avenante qu'il présentait un instant plus tôt. Il l'entraîna par le bras entre les pavillons consacrés à la chirurgie et à la maternité.

« Tu vois, Simon, c'est la grandeur de la France que d'honorer le mérite et le travail. Qui aurait prédit qu'issu d'un village de Lorraine, je deviendrais chirurgien dans l'un des meilleurs hôpitaux de Paris ? Qui aurait imaginé cela un instant ? La France n'a pas besoin de bolchévisme pour être démocratique ! »

Simon le regarda, sombre.

« Papa, ma génération ne mérite pas ce que vous, les Poilus, avez fait pour le pays... Je ne lui vois plus aucun avenir, sauf à tout remettre en question. Mais je veux te rassurer : je ne serai jamais communiste. Bien sûr, certains de mes amis, les plus esthètes, disons, y succombent, mais c'est en partie par désespoir. Ils savent ce que leurs proches ont expérimenté à Dachau. Ils forment un clan soudé par la peur... Et ne me considèrent nullement comme l'un des leurs. Je dirais même qu'ils me méprisent.

– Mais alors, pourquoi les fréquentes-tu ? »

Le jeune homme s'arrêta net et le regarda.

« Je suis séduit par leur théorie, par certaines de leurs innovations politiques. La planification économique, par exemple, pourrait être adaptée à la France. Oui, les thèses marxistes sont convaincantes. Mais je vois bien qu'un bon nombre de leurs jeunes militants, des fils de la bourgeoisie comme moi, sont davantage mus par la volonté de rupture, voire la haine pour leur milieu social, que par une réelle détermination à aider les ouvriers… Aujourd'hui, Papa, pour être sincère, je ne me sens à ma place nulle part. »

Il hésita.

« Et contre toute attente, Vichy représente à mes yeux un début de clarté. Tous ceux que je méprise en France se trouvent maintenant du même côté. Et moi de l'autre. »

Gaston s'assit sur un banc, jetant un coup d'œil inquiet aux alentours.

« Simon, si je t'ai fait venir jusqu'ici, c'est pour te parler des risques que court notre famille, et de ce que nous devons faire pour survivre. Le statut des juifs qui vient d'être publié par Vichy, comme tu le sais, est épouvantable. Plus le droit d'être fonctionnaire, avocat ou médecin. Bientôt, finis le cinéma et le théâtre. Je crains qu'un matin nos comptes en banque soient bloqués. Nous ne serons plus des Français comme les autres… Et non seulement ces lois scélérates nous empêcheront de vivre et de poursuivre nos activités professionnelles, mais elles entraveront certainement notre liberté de circulation.

– Je ne suis pas surpris. On m'a prévenu qu'un marquage pourrait même prendre place, comme autrefois dans les ghettos. Comment se faire la moindre illusion sur le sort des juifs en France ? Il suffit d'écouter les discours de Pétain ! Et Hitler avant lui ! Ils ont, chacun à leur manière, perpétré un coup d'État, en toute légalité ! Voilà ce qu'ils ont accompli. Nous avons été emportés par un régime à la dérive, incapable de faire face au moindre défi !

– Simon, tu n'es pas majeur, mais tu es adulte. Ce que je vais te demander est… difficile. Voilà. Nous allons partir, avec Maman et les petits, toi et moi dans les Pyrénées, et je verrai ensuite comment vous faire passer la frontière espagnole.

– Papa… tu ne resteras pas avec nous… ?

– Je ne peux pas abandonner mes malades juifs, Simon. Ils sont en danger. Si je les quittais, qui les protégerait ? Personne ne sera épargné par ces lois folles, ni les plus vulnérables, ni les plus instruits, ni les mieux intégrés… dit Gaston en baissant la tête. Je persiste à croire qu'il s'agit d'une manœuvre de Pétain pour amadouer les Allemands. Mais la poignée de main donnée par le maréchal à Hitler montre qu'il faut s'attendre à tout.

– Vichy précédera-t-il Berlin… ? ne put s'empêcher de glisser Simon.

– Il faut faire vite. Je me déclarerai au prochain recensement des juifs avec l'engagement de poursuivre ma charge à Rothschild. C'est la première des responsabilités qui m'incombe en tant que médecin et le seul hôpital où j'aurai, d'ailleurs, le droit de poursuivre mon activité. »

Le chirurgien ne précisa pas à son fils que son devoir était aussi de ramener son compagnon d'armes Xavier Vallat à la raison. Comme celui-ci lui devait la vie, il pourrait être en mesure d'infléchir l'antisémitisme passionnel de son camarade de tranchée, ou, au moins, être écouté. Cela allait être très difficile. Lorsque Gaston avait appelé le Secrétaire général aux Anciens Combattants, quelques jours auparavant, pour s'indigner de la publication du statut, Vallat lui avait rétorqué : « Il n'a pas fallu cent ans aux juifs pour conquérir la France grâce à la République... Ce statut est une entreprise de légitime défense. » L'ancien député allait probablement jouer un rôle clé à Vichy grâce à son fanatisme.

« C'est pour cette raison que je te demande, Simon, de prendre soin de ta mère, mais aussi de tes jeunes frères et sœur, quand vous serez en lieu sûr. »

Lorsqu'il entendit ces paroles, Simon eut le sentiment vertigineux de gagner dix ans en quelques minutes. Son père lui confiait la sécurité de sa propre épouse et de ses enfants, alors même qu'il lui reprochait soit son immaturité, soit son inconscience – en général les deux. Étourdi par l'annonce, Simon ne pouvait plus dire un mot. Alors que son père poursuivait sur l'organisation du départ, le jeune homme pensa que cette perspective inattendue le sortait, enfin, d'une forme de désespoir. Certes, elle le précipitait dans des responsabilités familiales auxquelles rien ne l'avait préparé. Mais la situation était, pour lui, une telle source d'écœurement – son impuissance face à un régime vicié, la lâcheté de milieux aisés prêts à accepter n'importe quoi pour éviter l'affrontement, et maintenant la trahison du Pacte germano-soviétique – qu'il avait même pensé à mettre fin à ses jours. L'affrontement avec le nazisme le propulsait dans une vie qu'il allait reprendre en main.

Paul Morand avait triomphé dans le bal de danseurs mondains qui peuplaient la cantine sentimentale de May. Son amant de tête, il était son mentor et son épaule consolatrice.

Né parisien, il revêtait les traits intransigeants mais subtils d'un lointain samouraï. Ses nouvelles et ses romans, de *Lewis et Irène* à *L'Europe galante*, avaient consacré ce diplomate, son feutre blanc et son col dur, en écrivain phare. Voyageur éclair, adepte de bolides, du blues et de l'hédonisme le plus raffiné, il était fasciné par la nouvelle échelle du monde et par une modernité changeante, qu'il avait comprise et suivie, avant que la société ne s'en aperçoive. Il était un prodigieux styliste, tant dans ses lettres que dans ses amours, fort nombreuses. Son regard acéré faisait des ravages. Cœur ouvert, fermé la nuit.

Bien que marié à une princesse roumaine, héritière de la banque Chrissoveloni, fine brune, si altière qu'elle était appelée « la Minerve », sa tendresse était néanmoins acquise à May, qu'il aimait en parallèle depuis le début des années 1930. Les deux femmes, évoluant dans la même avant-garde artistique et politique, se côtoyaient et composaient chacune avec les extravagances du Little Boy.

Cosmopolite, Paul craignait pourtant toute forme d'internationalisation. On disait qu'il avait encouragé le basculement de May vers le fascisme. Lequel avait été responsable de l'ignominie de l'autre ? Étaient-ils ou non *partners in crime* ? À quel point l'antisémitisme de sa femme, la princesse Soutzo, l'avait-il inspiré, qui, à son tour, avait déteint sur Pierre, le mari de May ? Paul était une des rares personnalités françaises à Londres à ne pas avoir rejoint les Forces françaises libres en juin 1940. Il exprimait un mépris virulent pour le général de Gaulle. Ce qui se passait sous les yeux de Marie-Pierre l'emportait très largement, en complexité tactique, sur les parties de billard auxquelles s'adonnaient les hommes en tenue de smoking dans le donjon d'Apremont...

May terrifiait par son laconisme meurtrier. Elle avait l'argent, Pierre un nom illustre. Sa circonspection à l'endroit de toute personne et de toute pensée, son pessimisme invariable, qui n'avait d'égal qu'une ambition sans nuances, en faisaient une parfaite candidate aux idées extrêmes. Seules ses amours multiples prenaient le contre-pied de ses opinions simplistes. Outre Paul, May entretenait une kyrielle d'amants – écrivains, hommes du monde et personnalités politiques.

Elle nourrissait de grandes ambitions maritales pour son aînée. Mais Marie-Pierre n'était jamais assez belle, ni assez svelte ; elle était insuffisamment présentable. « Vous vous enveloppez, contenez-vous ! » assenait-elle d'un ton comminatoire, port de tête d'oiseau, aigrette à la mode, visage figé par les fards, un masque royal traversé par deux éclairs d'acier. Sa fille n'était-elle pas un reflet insupportable à travers les filtres anorexiques auxquels toute femme était soumise ? Celle-ci s'astreignait depuis sa puberté à un régime alimentaire dément, avec sa cascade d'effets impitoyables. Boulimie, ascèse, rétrécissement viscéral, avidité féroce, retour à la case départ. Inexorablement, la balance repartait en flèche. Elle n'osait plus sortir, accablée par son apparence, et entretenait, pour oublier ces diktats, une frénétique activité intellectuelle. Là exclusivement, seule à son bureau face à la Seine, trouvait-elle la concentration et l'estime d'elle-même.

Ses parents voulaient la marier, et elle ne pensait qu'à lire et à apprendre. Elle était leur *trophy daughter*, qu'ils pensaient allier au « meilleur parti de France ». Ce milieu social n'avait que cette étrange expression à la bouche, car, sans droits à une réelle instruction ni au travail rémunéré, ou à quelque expérience des hommes, une jeune femme n'était qu'un lot sur le marché des convoitises. Sa dot était négociée en coulisses et son rang social évalué selon de subtils critères hérités de l'Ancien Régime. Il ne semblait pas y avoir d'autre issue, aux yeux de son père et de sa mère, sans risquer un sabordage social notoire. Il fallait jouer le jeu de manière habile, en utilisant ses atouts avec finesse. Marie-Pierre n'aurait pas d'autre mission que celle d'influencer par la voie des mœurs.

La course au beau parti était une compétition cadrée, méticuleuse, où il ne fallait rien laisser au hasard. Le steeple-chase à Auteuil n'était qu'une allégorie du rite initiatique auquel les familles du gotha préparaient leurs rejetons. L'entrée dans le « monde » d'une fille passait, après divers essayages initiatiques dans les maisons de couture, par une présentation formelle lors d'un bal. Les mères tentaient d'évaluer les *espérances*, c'est-à-dire le patrimoine des prétendantes, au-delà de leur titre. L'essentiel était dans le sac, *vu de dot*, selon l'expression consacrée.

Tout à leur affaire, Pierre et May ne se méfiaient pas de l'influence qu'avaient sur leur fille ses professeurs à l'école Sainte-Marie, ses passions intellectuelles et son désir de gloire. L'empire industriel de Tom Pa lui montait au cerveau. Marie-Pierre écrivait dans son journal :

« Qu'il fasse nuit ou jour, chaud ou glacial, Le Creusot triomphera, je ferai partie de ses victoires, je me fondrai dans sa gloire. » Marie-Pierre rêvait de faire sienne cette épopée industrielle, mais dut reculer devant la condescendance parentale.

« On ne voit pas une femme sur un chantier ! tonna son père. Et puis, perds du poids, tu ressembles à un petit cochon ! »

Interdite d'ingénierie pour cause de genre, Marie-Pierre vit les marteaux-pilons, les hauts fourneaux, les locomotives se convertir dans sa tête en concepts, en métaphysique et en logique. La journée, sa professeure de lettres, Mme Delhomme, lui enseignait la liberté. Avec d'autres, sa jeune élève la rejoignait à son domicile, sous couvert de cours particuliers qui se transformaient en discussions sororales. Marie-Pierre se voyait en intellectuelle, un destin inspiré par la jeune Simone de Beauvoir, dont leur professeure parlait avec admiration. Celle-ci avait été reçue deuxième au concours d'agrégation de philosophie, derrière Jean-Paul Sartre. Rien ne lui semblait plus admirable que l'enseignement. Mais, lorsqu'elle évoquait des ambitions académiques, sa mère la tançait, toutes griffes dehors :

« Voyons, Marie-Pierre, vous n'y pensez pas ! Vous ne voulez tout de même pas devenir un petit professeur miteux ! »

Le désir aussi s'infiltrait, malgré un emploi du temps militaire, une gouvernante aux aguets et l'absence de toute information sur le commerce intime. Elle observait la vie divergente de ses parents, leur latitude d'aimer ou de ne pas aimer, et leurs appétits s'exprimer sans fard, bien que leurs apparences restent prestigieusement convenues. Elle sentait son corps se métamorphoser. Ses seins et son pubis lui donnaient la sensation envoûtante de phosphorer. Chaque nuit, désormais, voyait grandir un désir de louve.

C'était un voyage sans perspective de retour. Simon avait finalement convaincu son père de les laisser rejoindre Grenoble, où Jean, son frère cadet, et lui-même, poursuivraient leurs études à sa faculté, et les petits iraient à l'école. Jean-Marcel Jeanneney, le doyen de la faculté de droit, était un ami qui les aiderait et informerait Gaston, une fois de retour à Paris, de la situation de sa famille en zone libre.

Ayant échoué à traverser Hendaye pour gagner la frontière espagnole, les Nora avaient dû, en effet, trouver une alternative en dernier recours. Dans la gare de Montpellier se dépêchaient des familles, des commerçants et des fermiers surchargés par leur production maraîchère. Il y avait aussi des soldats français démobilisés qui cherchaient à regagner leur village. Le train pour Grenoble était bondé, la chaleur accablante, la plupart des voyageurs se tenaient debout dans les couloirs, leurs enfants dans les bras, leurs animaux de compagnie et leurs bagages à leurs pieds. Ils avaient eu la chance de trouver une place dans un compartiment du wagon. Simon, Jean et leur père laissèrent leur place à des femmes, tandis que Julie restait avec Pierre et Jacqueline qui se chamaillaient, tout heureux de ce qu'ils percevaient, eux, comme de nouvelles grandes vacances.

Le train sinuait laborieusement. Au fur et à mesure, les passagers liaient conversation et discutaient de la responsabilité du désastre, du Front populaire aux congés payés, en passant par les instituteurs, les communistes, les francs-maçons et les juifs. Le maréchal allait les sortir de tout cela, les débarrasser de cette chienlit. Lors d'un arrêt, des gendarmes montèrent pour contrôler les papiers des voyageurs. Cela prit une bonne heure. Simon, pétrifié, vit un jeune garçon partir en courant, lâchant en chemin une valise volumineuse. On entendit des hommes descendre dont on comprit qu'ils étaient des trafiquants. Puis le train se remit poussivement en marche.

Les imposantes silhouettes des massifs de la Chartreuse et de Belledonne émergeaient aux abords de Grenoble. Elles invitaient Simon à la hauteur, alors que chacun désormais se croisait la tête basse, sans oser se parler. L'étudiant parisien comptait se lier avec les réseaux résistants de

Grenoble. Il avait hâte aussi de revoir le Portique, la pension de Charles Juillet, où il avait séjourné à l'adolescence, et qui représentait une famille de l'esprit, synonyme de son affranchissement intellectuel et moral. Le jeune homme savait déjà ce que son père était sur le point de lui demander, et cela le préoccupait.

Lorsqu'ils furent installés dans un appartement, cours Berriat, Gaston le prit, en effet, à part :

« Tu ne feras pas de bêtises, n'est-ce pas ? lui dit-il, soucieux. Je te confie Maman, ta sœur et tes frères. Tu dois te fondre dans la masse à la faculté et étudier avec autant d'opiniâtreté que possible. Jean-Marcel Jeanneney sera présent pour t'aider en cas de problème. Il ne faut en aucun cas attirer l'attention des autorités. Pas d'acte d'insoumission ni de désobéissance. Ta seule et unique responsabilité est de veiller sur notre famille en mon nom. C'est compris ?

– Oui, Papa », répondit Simon, sans broncher.

Il se représentait ce qu'allait impliquer d'assurer la sécurité de sa famille tout en poursuivant ses études, et en combattant pour la libération de son pays. Il ne voulait pas l'inquiéter, mais savait d'ores et déjà que le cours de sa vie allait diverger. Comment pourrait-il respecter ses engagements vis-à-vis d'un père aussi respectable qu'intraitable ?

À Paris, les autobus étaient réquisitionnés pour transporter des militaires et des blessés. De rares voitures recevaient l'autorisation de rouler, les phares camouflés, pendant la nuit. Une multitude de bicyclettes surgissaient des caves ou des campagnes, malgré la pénurie croissante de chambres à air. Les véhicules les plus improbables circulaient. Des fiacres étaient même revenus à la vie. Un beau matin, Marie-Pierre fut doublée sur l'avenue des Champs-Élysées par un tonneau que tirait un poney alezan, à la croupe pommelée et à la crinière de feu, lui-même conduit avec maestria par une jeune femme, visage ombrageux surmonté d'un bibi en paille tressée.

Les Parisiens avançaient ainsi, troublés par la pléthorique signalisation allemande en lettres gothiques qui gouvernait carrefours et priorités, les ramenant à leur statut d'occupés. L'organisation spatiale de leurs vies leur était imposée, alors qu'on entendait le chant cruel des oiseaux, ivres de leur liberté, vriller l'air de la capitale. Les soldats allemands, eux, se réjouissaient de l'aubaine d'occuper Paris plutôt que d'assiéger Moscou.

Puis, sous le soleil printanier, les courses à Auteuil et à Longchamp rassemblaient des foules extatiques, un public frustré de plaisir, femmes en chapeau fleuri et en capeline, tenues rivalisant d'inventivité, hommes à melon gris, pantalon rayé, jumelles à la main. Les soldats en uniforme vert-de-gris, des appareils photo en bandoulière, envahissaient, eux aussi, les estrades.

La nuit, Paris était plongé dans le coma. Son cœur ne battait plus que par pulsations occultes. Marie-Pierre le sentait palpiter doucement, penchée au rebord de la fenêtre de sa chambre du 36, humant la Seine, tentant de repérer le ballet des ombres dans la nuit occupée. Comme chaque mardi, elle assistait le soir à sa leçon, non loin de la place d'Iéna, chez Mme Delhomme, avec quelques camarades. Après le cours, elle se retrouva seule avec sa professeure :

« Madame, puis-je vous parler un instant de sujets privés ?

– Évidemment, Marie-Pierre. Ce que vous me confierez restera entre nous, répondit sa directrice de conscience, un peu surprise.

– Je dois vous confesser... *Confesser* n'est pas le mot, bien entendu, mais... Vous faire part de mes doutes... »

La professeure la regarda avec curiosité.

La jeune femme poursuivit : « ... sur ma famille, et parfois les personnalités qui viennent voir mes parents. Je m'inquiète de leurs opinions et de la tournure qu'elles prennent. J'avoue être gênée et...

– Et ?

– ... Embarrassée, parce que mes parents organisent des réceptions auxquelles je suis tenue d'assister. Je fréquente ces gens malgré moi et suis témoin de leurs discussions. Mais ce sont mes parents, je les respecte. Même mon grand-père s'indigne et pourtant ne réagit pas... »

Mme Delhomme laissa parler le désarroi de la jeune fille et souligna qu'elle ne pouvait être responsable des choix de ses parents. Ceux-ci étaient libres d'avoir leurs opinions. Elle avait toujours été frappée par la précocité de son élève la plus douée, la plus indépendante d'esprit. Marie-Pierre ajouta que son grand-père était son rempart, le seul à la respecter et à soutenir ses études. Mais il était isolé et affaibli. Or, il était essentiel à l'affranchissement de son existence. Il représentait, à ses yeux, l'excellence et la raison. Il l'avait emmenée maintes fois, avec son frère Bobby, admirer la grande forge du Creusot, descendre dans les mines de charbon, et leur avait expliqué pourquoi la France ne s'était pas réarmée suffisamment tôt face à l'Allemagne.

« Marie-Pierre, avez-vous vu l'heure ? avait tout à coup déclaré sa professeure d'une voix blanche. Le couvre-feu ! »

Quitta en trombe l'appartement. Dévala les marches de l'immeuble, juchée sur ses escarpins en liège. Tordit sa cheville sur la dernière marche de l'escalier. Se traîna avec force de volonté jusqu'au portail malgré une douleur inouïe. Empoigna son vélo qu'elle décadenassa avec fébrilité. Transpira sans mesure à l'idée de finir au poste et de ne plus pouvoir accéder à l'une des rares libertés qui lui étaient accordées, celle de parler d'histoire, de littérature et de politique...

L'avenue du Président-Wilson était, par chance, en pente. Marie-Pierre se coucha sur sa bi solitaire, tel un coureur cycliste, le phare bardé de la bande bleue exigée par les Allemands, puis fendit l'avenue dans l'espoir d'échapper à leur vigilance. Rien ne transparaissait pourtant dans les rues. Elle discernait à peine la chaussée. Elle aperçut une fraction de seconde une affiche célébrant la bienveillance des occupants. Le palais Galliera se dressait tel un sphinx immanent dans le clair-obscur. Après avoir traversé le carrefour désert de l'Alma, elle se glissa d'un immeuble à l'autre le long du cours Albert-Ier et se faufila en catimini dans l'hôtel endormi, le cœur tambourinant.

Antoinette, sa grand-mère, surnommée Granny au nom d'une anglophilie de bon aloi, recevait Marie-Pierre chaque après-midi à son retour de l'école, dans son salon du 34, pour un thé – distraction sans prix dans son existence régulée, au cours duquel elles partageaient les péripéties du jour et quelques langues de chat disposées en éventail. Granny lui prodiguait la douceur dont May manquait. Marie-Pierre était envoûtée par sa personnalité subtile, vaporeuse, subjuguée par les chignons savants qui dessinaient sa nuque, sans compter ses fins poignets, soulignés par d'interminables manches en dentelle. Des portraits d'elle par Helleu au mur du salon évoquaient son raffinement et mettaient en scène son regard à l'éclat innocent. Un regard de nacre invitant au désir. Il avait fait d'elle une reine à Paris pendant la Belle Époque. Elle avait pourtant mené une vie amoureuse risquée, tumultueuse, qui avait culminé à la naissance de May.

Comme la plupart des mères de sa génération, elle avait perdu un fils pendant la Grande Guerre, une entaille qui aurait exigé de hurler sa douleur si son éducation ne le lui avait formellement interdit. Formellement, formel, formol. Chaque enfant était une revanche sur la mort et sur la bêtise. Marie-Pierre était à présent son espoir, elle l'avait compris et volait vers son avenir, le passé portait son devenir, elle brillait contre toute attente. L'amour de Granny l'irriguait. Sa grand-mère lui offrait mille conseils sur les soins à apporter à son apparence physique dont elle pondérait les exubérances pubertaires. Elle lui parlait des hommes avec une pudeur qui se serait apparentée au morse si elle n'avait trahi un goût certain pour leur personne.

Thé après thé, des récits de vie se succédaient, qui dépeignaient des hommes tout à leur fougue, à leur désir, à leurs promesses, à leurs ambitions et, pour finir, à leurs inévitables trahisons. Il se jouait là une évocation des amours, critique et exemplaire, que Marie-Pierre ne pouvait, pour l'heure, qu'écouter. Pendant ces cérémonies filiales, la bouche entrouverte, l'index sur l'anse de la tasse en porcelaine de Sèvres, elle suivait les mouvements de ses lèvres, captivée par ces aveux qui ne disaient jamais leur nom et la propulsaient, un court instant, dans le monde de la liberté.

Paris-Soir, un quotidien censuré par les Allemands, parvenait quotidiennement au 34. Il était impensable qu'une jeune fille bien née lise les journaux, mais, indulgente ou inconsciente, Granny la laissait les feuilleter. Puis les bulletins de Radio-Paris, contrôlée par les Allemands, et les contre-informations sans concessions diffusées par la radio de Genève, indépendante de la censure – les deux fréquences captées par son père dans son bureau – lui apportaient des informations inestimables sur le déroulement du conflit.

Des arrière-cuisines et des cours contiguës des deux hôtels s'élevaient aussi des éclats de fausses vérités et de vraies rumeurs exacerbées par les accents des faubourgs. Le 36 et le 34 disposaient chacun d'un cuisinier, d'une brigade de maîtres d'hôtel, ainsi que d'une cohorte de femmes de chambre, de lingères et de garçons de cuisine qui se livraient une compétition sans merci. Les enfants savaient, à travers les médisances venues des offices, les sèches confidences soustraites à la faveur du retournement quotidien des lits, les remarques ambiguës lors des essayages de robes, ce qu'il en était vraiment. Une bourse des valeurs insoupçonnée régnait effectivement derrière les façades somptueuses des deux hôtels particuliers, amplifiée encore par celle des immeubles adjacents du cours Albert-Ier, qui disposaient également de leur propre ministère. C'était au camp qui détiendrait l'information la plus récente et la plus complète sur ce qui se passait dans leur commune insularité, ou dans le monde extérieur réduit à l'enceinte des rues du quartier, qui l'emporterait. Les commérages passionnés, entretenus par les maisonnées, faisaient écho dès que leurs propriétaires avaient le dos tourné.

À la faculté de droit de Grenoble, peuplée de transfuges de la zone occupée, Simon s'avéra d'emblée un étudiant singulier. Il apparaissait comme un prince de la jeunesse, accompagné de beautés qui étonnaient ses pairs. Son brio consistait à apporter la contradiction à son professeur de droit, Jean-Marcel Jeanneney, puis à se volatiliser plusieurs jours. Fin 1941, Simon quitta ulcéré l'amphithéâtre, en même temps qu'un autre étudiant, après la visite d'un intervenant acclamé pour ses idées en faveur de la Révolution nationale. Le maréchal Pétain était encore très populaire dans la zone libre.

Gaston venait de lui faire savoir qu'une rafle inédite avait été effectuée quelques jours auparavant à Paris avec l'aide de la police française. Pour la première fois, sept cents Français juifs avaient été enlevés à leur domicile, et internés dans un camp contrôlé par les nazis, à Compiègne : avocats, fonctionnaires, médecins, professeurs, chefs d'entreprise, combattants de la Grande Guerre, et parents de personnalités connues, tel que le frère de Léon Blum… Un titre d'un journal antisémite mentionnait : *Enfin, on purge la France !* Des Français, confiants dans les engagements du grand maréchal, étaient à présent considérés comme des otages par le régime nazi.

L'étudiant qui sortait en compagnie de Simon lâcha en s'éloignant :

« À force de parler de révolution, nous finirons peut-être par en avoir une, mais une vraie.

Simon l'arrêta d'une main sur l'épaule :

– Je m'appelle Simon Nora, et nous partageons les mêmes idées. »

Puis ils marchèrent ensemble tout en discutant. L'étudiant l'invita à se joindre à un groupe de jeunes communistes qui se réunissaient chaque semaine pour lire Fourier, Proudhon et naturellement le *Manifeste du parti communiste* de Karl Marx. Des veillées de lecture prirent peu à peu place dans l'appartement familial des Nora, qui accueillait étudiants et professeurs. La porte restait ouverte, car Julie recevait chaleureusement les nouveaux venus et ne comptait pas les invités.

Malgré les exhortations de son père à la prudence et sa propre mauvaise conscience, Simon contribuait activement à ces discussions et découvrit des camarades aussi hostiles que lui au régime vichyste. Il participa, dans un premier temps, à des jets de tracts dans les salles de cours. Au fil du temps, les étudiants inventèrent des actions plus ambitieuses. Ils bénéficiaient de l'appui des jeunesses communistes qui les aidaient à fabriquer des affichettes. Avec le concours d'un ami, ingénieur chimiste, ils parvinrent même à fabriquer une bombe qui fit exploser la vitrine du Service d'ordre légionnaire de Joseph Darnand à Grenoble. Ce fut un succès remarquable qui les fit connaître de toute la région.

Auréolés de gloire, ils expérimentèrent également la peur croissante de se faire prendre par les autorités d'Occupation et de parler. Ils ne se sentirent rapidement plus à l'abri nulle part. Ils redoutaient les contrôles, notamment à la faculté, dans les transports, ou dans les marchés. Simon s'échappa ainsi en pleine gare de Valence après avoir été arrêté par la police dans le train venu de Grenoble.

Avec l'entrée en guerre des États-Unis en décembre 1941, l'atmosphère se tendit à Grenoble. La perspective d'une victoire des Alliés éclaircissait l'horizon. Les nazis décidèrent de serrer encore l'étau de l'Occupation en zone nord. La situation en zone non occupée devint alors très dangereuse. Les Italiens durcirent la répression à la demande des Allemands. Les thuriféraires de Joseph Darnand étaient pourtant les plus à craindre. La négligence, l'improvisation ou la malchance se payaient au prix fort. Ceux qui résistaient, même d'un geste de désapprobation, couraient à tout moment le risque d'être arrêtés. Les murs de la prison à Grenoble se couvraient, petit à petit, des dates de passage à la salle de torture.

L'étudiant sentait la peur grandir, jusqu'à s'emparer de lui tout entier. En quelques mois, elle était devenue la compagne de tous ses instants. Elle commandait ses gestes, ses regards, ses pas, et hantait maintenant ses nuits. Simon s'angoissait de mettre en danger sa mère, ses frères et sa sœur, sans compter ses camarades.

Chacun était, avant tout, préoccupé par sa propre survie et celle des siens. Il fallait assurer les rations alimentaires malgré des restrictions croissantes et se chauffer tout le long d'un hiver très rigoureux.

Lors d'une soirée, Simon discutait avec les habitués du tour qu'avait pris la situation, de la poursuite des veillées et des perspectives de résistance. Fallait-il monter au maquis ? Partir en Afrique du Nord ? Avec sa pipe, sa veste en peau de mouton retournée et son regard d'or, il menait la conversation, distribuant à chacun la parole, reprenant en quelques phrases ce qui venait d'être dit, lorsqu'il vit surgir une très jeune femme dans l'appartement. C'était une étrangère, qui lui rappela tout de suite quelqu'un. Sa silhouette, une expression fière et modeste, un visage juvénile encadré par des cheveux châtains, des yeux espiègles. Elle était accompagnée par Joffre Dumazedier, un chercheur et militant marxiste, proche des milieux ouvriers, qui participait aux rencontres depuis le début. Le foulard de l'étrangère glissa sur des mèches désordonnées et Simon devina aussitôt son nom. La jeune femme était précédée de son aura et de son pseudonyme. C'était Germaine – qui, à dix-neuf ans, jouait le rôle d'agent de liaison entre les mouvements de la résistance dans la région. Une légende.

Le 14 juillet, vêtue d'une jupe bleue, d'un corsage blanc et d'un foulard rouge, elle était descendue à Grenoble. Beaucoup de monde était rassemblé, de la place Grenette au Jardin de Ville. Un crieur de journaux proposait *L'Émancipation nationale*, une publication émanant d'un parti qui soutenait le gouvernement de Vichy. Personne ne lui parlait. Germaine alors s'était dirigée vers lui et demandé un exemplaire qu'il lui avait remis, un peu surpris. La jeune fille l'avait déchiré, tranquillement, sous ses yeux. Un attroupement approbateur s'était créé autour d'elle, et l'avait suivie, si bien qu'elle n'avait réussi s'éclipser qu'au niveau de la rue Denfert-Rochereau. Elle avait été, ainsi, repérée en même temps par la police et la Résistance.

Simon nota les éclats de noisette qui pailletaient ses yeux verts. Ils se saluèrent comme des camarades de combat, puis esquissèrent un sourire. Il chercha ses mots pour lui raconter l'impuissance qu'il ressentait dans un contexte de risques accrus. Qu'en était-il des mouvements de résistance avoisinants et comment les soutenir ? Germaine réfléchit et lui parla d'un drôle d'endroit, d'une bande de types qui s'étaient installés dans un château en réfection, à Uriage, pour sauver le pays, développer des idées nouvelles contre le nazisme et former les jeunes esprits. C'était une école de cadres, créée par Vichy, à l'initiative d'un militaire qui avait démissionné de l'armée après la déroute ; une curieuse école dont on murmurait qu'elle abriterait peut-être des ferments de résistance à la Révolution nationale qui l'avait pourtant engendrée ; une école ouverte au tout-venant, pour former des gens censés relever la France après-guerre… Les rumeurs les plus fantaisistes couraient sur ce lieu où l'on ferait de la culture physique, où les prêtres seraient marxistes et où les hommes nageraient nus dans un bassin avec les secrétaires.

« L'emploi du mot "cadre" est curieux. Qu'entendent-ils par là ? Des officiers, des gestionnaires, des fonctionnaires ?

– Je ne sais pas, c'est troublant. Pourtant, c'est un foyer de Résistance sous la façade d'une école, Révolution nationale ou non. Je connais son chef. Tu devrais le rencontrer. »

Simon regarda, admiratif, la jeune femme qui prenait des risques incroyables avec humilité. Il avait entendu parler de cette école singulière par Jean-Marcel Jeanneney. Elle mélangeait les idées d'Emmanuel Mounier, le retour aux valeurs de la chevalerie et un public averti comptant intellectuels, hommes de théâtre et ouvriers. L'étudiant aimait le principe d'une révolte faisant feu de tout bois, du mélange des genres contre la barbarie du seul homme aryen, mais se méfiait des institutions.

L'Occupation, pour Pierre et May, était une fête. Ils parlaient et aimaient, à l'abri des fenêtres occultées, dans un confinement explosif.

L'hôtel particulier du 36 était devenu une île intemporelle, perdue au milieu d'un océan déchaîné par les affrontements, un huis clos ouaté dont l'issue semblait dépendre, pour certains, de la bonne volonté des Britanniques à les libérer et, pour d'autres, d'un général à Londres ridiculisé par leur entourage. Ces derniers appelaient de leurs vœux la réunion de la France, coupable de médiocrité et d'affadissement, avec l'Allemagne nazie triomphante. Ils ne croyaient plus – depuis longtemps – en leur pays.

Tous deux couraient donc à des soirées costumées retrouver leurs amis, Paul et Hélène Morand, mais aussi Josée, Arletty, Fernand de Brinon, Corinne Luchaire, Marthe de Fels, Léon-Paul Fargue, ou encore Sacha Guitry. Un soir, après avoir dîné à l'office avec Bobby, Marie-Pierre, médusée, vit sa mère, enserrée dans un fourreau en taffetas blanc, descendre à pas légers le grand escalier. Elle était déguisée en chatte sophistiquée, des moustaches dessinées sur sa lèvre supérieure et ses cils travaillés, démesurément agrandis. Vêtu de son smoking, Pierre l'accompagnait, lui tenant la main, alors qu'il se préparait en réalité à rejoindre une actrice, une blonde spirituelle, Sandra Dancovici.

Leurs enfants les voyaient mener ce curieux pas de quatre et chacune de leurs réunions offrait une insolente énigme. Comme toute progéniture, ils ne les jugeaient pas mais cherchaient à les comprendre. Ces vies amoureuses parallèles se mêlaient sans jamais se heurter. Ils se retrouvaient dans une excitation mondaine exaspérée par le souci d'en être et par l'ennui. Paul, lui, se réjouissait néanmoins d'avoir « trouvé des soirées studieuses, le lit à neuf heures. L'adieu au jazz. Le rajeunissement par la cuisine sans beurre. La disparition des panneaux-réclame. La mort du bruit. L'air de la campagne à Paris. La renaissance du cheval. Le retour en carriole aux classiques. »

Une étiquette amoureuse guidait leurs pas et leurs baisers au nom d'un vertigineux jeu de séduction. Les parquets du 36 recelaient des êtres soupirants qui gémissaient à chaque pas et dotaient les visiteurs du soir d'une solennité passagère et de messages codés. Leurs chants et leurs vibrations se propageaient à tous les étages.

Un jour, Marie-Pierre et Bobby accompagnaient leur mère et Paul au théâtre de l'Atelier, pour voir *Le Rendez-vous de Senlis* de Jean Anouilh. Une semaine plus tard, Pierre et May les emmenaient avec Paul et Hélène assister à *La Mégère apprivoisée* au théâtre Montparnasse. Si personne ne leur expliquait rien, les situations parlaient, et la domesticité se passait le mot.

Sous l'Occupation, la vie parisienne s'avérait sans échéance et, hormis le couvre-feu, insipide. L'existence du pays était gélifiée, suspendue au bon vouloir des vainqueurs, dominée par le besoin obsessionnel de s'informer, de s'alimenter et de se chauffer. Les Parisiens qui n'avaient pas rejoint la Résistance avaient perdu la maîtrise du temps. Leur seule perspective était de se distraire.

Dans la capitale, les dîners succédaient aux cocktails en milieu fermé. Le soir du 29 mars 1941, May invita Josée, Alfred Fabre-Luce, Bertrand de Jouvenel, Arletty et Hans Jürgen Soehring. Josée lui rendit l'invitation, le 8 avril, en conviant son père, Fernand de Brinon, Arletty, Corinne

Luchaire, Paul et Hélène, les Fabre-Luce, Charles de Chambrun et l'ambassadeur Lequerica.

May et Josée se passionnaient pour les courses. Le 16 mars 1941, à Auteuil, *Grain d'orge* dépassait *Frère Victor.* Elles gagnèrent le tiercé dans le désordre.

Mais les tiercés n'étaient pas toujours gagnants. Quelques mois plus tard, son amie d'enfance Fernande Goldschmidt demanda à Josée d'intervenir afin de faire libérer son jeune frère prisonnier dans un camp en Allemagne. Absente ce jour-là, Josée lui fit dire qu'elle ne pourrait en rien l'aider.

Alors que l'hôtel du 36 se changeait en lieu de réceptions, celui du 34 était devenu un long édifice morne et sombre, dissimulé derrière ses grilles peintes à la feuille d'or. Tom Pa, atterré par les fréquentations de May, qu'il condamnait sans trouver la force d'y remédier, y vivait reclus avec Granny. Tous deux avaient pour leur fille une faiblesse expiatoire, l'une pour l'avoir engendrée, et l'autre pour l'avoir reconnue. Tom Pa ne se remettait pas de la perte de son fils aîné, Henri-Paul, en 1918, et de son incapacité à partager le pouvoir de direction des usines Schneider avec ses fils cadets.

Le maître des Forges, tel qu'on l'appelait dans les allées du pouvoir, vivait dans une détresse qui se manifestait par une solitude croissante. Il se rendait chaque semaine au Creusot où les usines, réquisitionnées dès la première heure, devaient fournir à marche forcée de l'acier et des armes aux nazis. Les ouvriers vivaient dans une insécurité permanente : les sites de production étaient constamment menacés de bombardements par les Alliés.

Lorsqu'il était présent cours Albert-Ier, Tom Pa faisait travailler ses mathématiques à Marie-Pierre, grâce à un couloir qui permettait aux deux hôtels de communiquer. Il était le seul à saluer ses efforts et encourager ses progrès. Il l'invitait, ainsi que Bobby, à séjourner au château de la Verrerie. Elle était transfigurée par son attention. Si cela n'avait tenu qu'à lui – pensait-elle –, il l'aurait installée au Creusot pour l'initier aux méthodes de la grande industrie. Elle rêvait tant d'être son héritière !

Après avoir gravi à bicyclette une route sinueuse à travers des forêts de sapins au-dessus de Grenoble, Simon découvrit enfin l'école d'Uriage, perchée sur un promontoire, surplombant un centre de cure. C'était un bâtiment à la croisée d'une fortification et d'un château. Il était clos et austère.

Dans la cour intérieure régnait une atmosphère de récréation. Le soleil, voilé par la brume d'altitude, déposait une lumière poudrée sur les murs. Une terrasse, longeant le parvis qui montait vers le corps central du château, offrait une vue sublime sur les diamants d'hiver semés par la neige sur le massif de Belledonne. On apercevait en contrebas des murs vertigineux le parc où se promenaient autrefois les curistes, témoin d'une époque aimable révolue.

Quelques garçons conversaient sur la terrasse et profitaient de l'agrément du lieu malgré la présence de givre sur le sol et sur leurs chaussures. Ils tapaient leurs pieds l'un contre l'autre et plaisantaient ensemble. Ils jetèrent un regard furtif à Simon. Un jeune homme bronzé, en blouson de ski, s'interrompit et s'avança vers lui. Après avoir écouté ses explications, il lui proposa de le suivre afin de rencontrer le fondateur et directeur de l'école, le capitaine Pierre Dunoyer de Segonzac.

Cet hiver 1941, on effectuait des travaux dans le corps central du fort et l'endroit semblait à peine habitable, envahi par le froid du massif. Un portrait du maréchal, visage cireux en grande tenue, était suspendu dans la salle des Gardes. Simon se figea. Avait-il réellement besoin de voir ce capitaine qu'on appelait le Vieux Chef ? Les rumeurs sur l'ambivalence de cette école lui revinrent à l'esprit. Il balançait toujours entre curiosité et répugnance alors que Julien lui racontait le périple qui l'avait conduit à Uriage. D'origine lorraine, il s'était soustrait à l'incorporation par la Wehrmacht et avait échappé aux traquenards tendus par la police de Vichy dans toute la France. Il avait cherché à rejoindre Londres ou Alger par l'Espagne ; et, n'y parvenant pas, il avait atterri à l'école grâce à une filière de la Résistance. Julien lui demanda d'attendre un instant, puis le fit entrer dans le bureau du patron de l'école.

Au beau milieu d'une pièce dotée de hautes fenêtres, un homme d'une trentaine d'années se tenait assis à une table de travail. Le visage marqué, le menton volontaire, le Vieux Chef était doté d'une chevelure drue qui laissait apparaître quelques fils d'argent. À peine eut-il passé le seuil de la porte, Simon fut frappé par son regard qui semblait l'avoir percé à jour.

« Segonzac, se présenta-t-il simplement, en relevant son buste. Alors, qu'est-ce qui vous amène à nous ? Étudier ? Combattre ? », dit-il avec un sourire tout d'un coup malicieux. Sa voix grave était marquée par quelques inflexions étouffées.

« Merci tout d'abord, mon Capitaine, de me recevoir si rapidement. Je m'appelle Simon Nora. Je termine ma licence de droit à la faculté de Grenoble. Germaine est une amie. Elle m'a parlé des conférences de l'école et m'a suggéré de vous rendre visite. Je m'interroge... », répondit l'étudiant, un peu embarrassé.

« Germaine m'a parlé de vos remarquables actions menées à Grenoble. Vous vous interrogez sur Uriage ? Je comprends. Peut-être, en introduction, laissez-moi vous expliquer la genèse de cette école... En juin 1940, j'ai connu la défaite en tant qu'officier. Mon unité de chars avait tenu tête aux Allemands malgré des armements inadaptés, puis nous avons été balayés en quelques jours par la puissance de la Wehrmacht. Les équipages étaient trop inexpérimentés pour remédier aux défaillances du matériel. La radio ne marchait pas, je devais aller de char en char donner mes instructions aux hommes en tapant sur chaque blindé... Nous nous sommes repliés dans des conditions de déroute indicibles. » Le capitaine se tut, le regarda droit dans les yeux. « J'ai vu des gradés, aussi jeunes que vous, remonter humblement dans leur char dont ils savaient qu'il se transformerait en torche dans les minutes qui suivraient... Si je vous raconte cela, dit-il avec retenue, c'est pour vous expliquer ce qu'a représenté pour moi l'effondrement du commandement de l'armée française. Il faut dire que les hauts gradés étaient alors davantage choisis pour leur opportunisme que pour leur caractère... Toute indépendance d'esprit dans l'armée était réprimée par l'État, hanté par le bonapartisme et ne désirant qu'une chose : étouffer les fortes têtes...

– Mais comment êtes-vous parvenu à créer cette école ? osa interrompre Simon.

– Des leçons devaient évidemment être tirées d'une telle défaite. La première était de reconstruire la société française. Pour cela, il fallait refaire des hommes. J'avais demandé à être mis en congé après avoir libéré mon unité et caché nos armes, ne recevant plus aucune instruction de l'état-major. Je m'étais rendu peu après à Vichy. »

Segonzac sembla se perdre dans ses pensées et, le regard appelé par les cimes éventées, poursuivit :

« Vous ne pouvez imaginer ce qu'était d'arriver dans cette ville de sous-préfecture, quittant le front, désespéré par ce qui arrivait à notre grand pays, coupé en deux, dévasté, en danger de mort... Peu après que le maréchal eut reçu les pleins pouvoirs, je tentai ma chance dans une des annexes de l'Hôtel du Parc où grenouillaient des personnages qui espéraient obtenir des responsabilités dans ce maelström étatique, certains souhaitant poursuivre le combat, d'autres prêts à tout pour livrer notre pays aux nazis. Je connaissais l'un des responsables de la jeunesse. Dans ce chaos où les investitures les plus étranges voyaient le jour, le projet d'une école plut, et recueillit leur adhésion sur un malentendu...

– Rien à voir avec la Révolution nationale, alors ? » interrompit Simon.

Segonzac s'arrêta, étonné, mais regarda le jeune homme sans animosité.

« J'étais, bien sûr, et reste profondément maréchaliste. Je sais ce que Pétain a accompli pour la France à Verdun. Mais ici, à Uriage, chacun respecte les règles de vie en communauté et un code de valeurs morales, quelles que soient ses origines. Si vous les acceptiez, vous partageriez les mêmes buts que nous : mettre les Allemands dehors, définir des idées pour la reconstruction de la France...

Et vous savez, il suffit de la volonté de quelques-uns pour changer les choses… Je suis fidèle à la France et je suis un homme libre. Je crois avant tout à la conscience, à la responsabilité, au caractère, en chaque homme. »

Simon ne se sentit pas de relever ce dernier commentaire et lui demanda d'où venaient les étudiants. Julien et le Vieux Chef échangèrent un regard et sourirent. C'étaient des jeunes, des ouvriers, des paysans planqués, des résistants de la première heure, des militaires en cavale, des poètes et des idéalistes, des comédiens, des juifs, des catholiques, des protestants, des révoltés, donc de drôles d'étudiants.

« Nos élèves viennent de toute la France effectuer des stages. Nous expérimentons à Uriage une vie communautaire et des méthodes d'enseignement avec des jeunes d'origines et d'opinions très diverses. Nous recherchons, par la discussion, la voie d'un humanisme capable d'affronter les révolutions actuelles. Et nous comptons fournir les ressources nécessaires pour libérer le territoire et former une élite capable de relever le pays. L'entraînement physique est éprouvant, le château est à peine chauffé, le ravitaillement tient à la solidarité des alentours. Mais on lit, on discute, on chante, et on développe des idées qui seront, j'en suis persuadé, déterminantes lors de la Libération.

Cependant, Simon, vous devez poursuivre votre action à Grenoble.

– Mon groupe d'étudiants prend des risques, trop de risques... Nous avons reçu, un temps, l'appui des jeunesses communistes... Il devient maintenant très dangereux d'agir seul.

– Nous pourrions vous aider. Seriez-vous prêt à dispenser des conférences de droit à l'école, en effectuant des allers-retours avec Grenoble pour ne pas éveiller l'attention ? Il faut que je vous prévienne, cependant, nous n'avons que très peu de moyens.

– Les élèves sont soumis à une sorte d'ascèse, compléta Julien. Quand ils arrivent, ils n'ont pas un sou, parfois pas même de quoi s'habiller ou se chausser. On leur fournit le strict nécessaire...

– Si je peux me permettre, mon Capitaine, demanda Simon, qui enseigne dans cette école ? Comment recrutez-vous vos professeurs ?

– Nos enseignants sont arrivés des quatre chemins de la débâcle : écrivains, militaires, aumôniers, journalistes, fonctionnaires, professeurs, ouvriers... Des personnalités que vous connaissez, comme Paul Claudel ou Edmond Michelet, sont venus enseigner, d'autres sont des inconnus. Mais tous ont en commun le sentiment d'avoir été trahis.

– Vous verrez par vous-même, conclut Julien. Venez faire un tour, les personnalités et les sensibilités se mêlent...

Les pièces du château dégageaient une odeur d'humidité malgré les foyers allumés dans les cheminées. Dans la salle des Gardes, une tablée faisant office de réfectoire accueillit Simon avec chaleur. Elle réunissait des étudiants, servis par deux femmes. Les enseignants semblaient à peine plus âgés que les élèves. Dans la bibliothèque – lui expliqua-t-on –, chacun réalisait une fiche par livre lu, pour le bénéfice des autres. Julien lui raconta que les élèves participaient, en outre, à des sorties à ski. Des professeurs avaient même improvisé un stade de gymnastique sur un terrain à proximité. Courir, chanter, lire, discuter, faire de la poterie, jouer de la musique, monter un spectacle, veiller étaient donc les activités offertes par cette école insolite, en plein conflit armé...

Tout ceci apparaissait à Simon surréaliste. Sa stupéfaction grandit en découvrant une liberté de ton qui semblait totalement échapper à la police d'opinion de Vichy. Aussi pittoresques fussent-elles, la détermination et la sincérité de ses interlocuteurs ne faisaient à présent aucun doute à ses yeux.

Alors que Marie-Pierre s'apprêtait, un matin d'hiver, à se rendre à une reprise d'équitation au club de l'Étrier, au bois de Boulogne, et dévalait les marches du deuxième étage du 36, elle entendit un rugissement familier provenir de la cage d'escalier. L'ascenseur se préparait à monter avec la lente célérité d'une machinerie visible et infernale qui contrastait violemment avec la volonté d'un raffinement extrême. Avec un cliquetis signalant le redoutable verrouillage, suivi d'un bruit de traction furieux, il hissait ses occupants inquiets, l'esprit absorbé par l'observation du sol et le sentiment d'avoir pris un risque immense pour s'élever d'un modeste étage. Ils auraient pu y prendre le thé, tant les délicats coussins de soierie rouge installés pour Granny – qui craignait la station debout, à moins de la juger simplement vulgaire – invitaient à la causerie d'un boudoir. Le coffrage en bois d'acajou, habillé de velours, offrait à ses passagers une banquette revêtue de soie rose, encadrée par deux strapontins sertis d'un galon à franges d'or. Prendre cet ascenseur, dont l'accès était interdit aux enfants, faisait rêver toute la génération de Marie-Pierre.

La porte de la cabine s'ouvrit brutalement, et la cavalière manqua de tomber dans les bras de l'homme qui en émergea. Elle se confondit en excuses, les joues embrasées par l'embarras.

Une allure nordique, un visage rond fendu d'un regard lunaire. C'était Pierre Drieu la Rochelle, le nouveau maître de l'influente *NRF*, l'un des invités les plus prisés de May. Elle n'était pas la seule de Paris à être folle de lui. Alors que le maître d'hôtel prenait son manteau, l'écrivain salua à peine la jeune fille et jeta un regard sceptique sur son jodhpur et ses bottines.

Marie-Pierre s'éclipsa à pas comptés dans le hall qui surplombait le grand escalier, mais son père aperçut la manœuvre par la porte entrebâillée et l'interrompit en se précipitant vers elle.

« Où cours-tu comme cela, ma cocotte ? lui souffla-t-il.

– Je vais monter à cheval, j'ai une reprise, lui dit-elle d'un ton soucieux.

– Les chevaux attendront ! Viens saluer nos invités », dit-il. Puis, baissant encore le ton : « Josée de Chambrun nous fait l'honneur de célébrer l'Épiphanie avec nous. Tu ne peux pas ne pas te présenter. Et puis, toi qui aimes les livres, tu as ici l'avant-garde des lettres françaises... » précisa-t-il en lui faisant un clin d'œil.

Elle abhorrait jouer le rôle de jeune fille de la maison, telle une automate, et saluer avec une obséquiosité souriante des gens dont elle pressentait les opinions indignes. La bienséance évidemment l'emporta et elle revint sur ses pas à contrecœur. Son père, la cigarette aux lèvres, lui ouvrit la porte et la fit entrer dans le salon, où des discussions animées étaient coiffées par d'imposantes volutes de fumée qui donnaient la mesure des pensées en cours. Elle entendit la voix aigre d'Arletty alors qu'elle entreprenait la révérence attendue, à la fois gracieuse et soumise, à la fille unique de Pierre Laval.

« Tout le monde a foutu le camp de Paris, disait l'actrice. Les restaurants étaient vides hier soir, mais il y avait encore des menus chez Lipp. Comme quoi, c'est pas la disette qu'on attendait ! » Elle était en verve, une casquette juchée sur ses cheveux bouclés, la bouche vermillon, brillante comme une carrosserie. La comédienne avait l'air d'une générale en campagne, projetant ses ongles démesurés. Arletty était une habituée des lieux ; ses amours prenaient bonne place dans les liqueurs aphrodisiaques du 36.

Les conversations se poursuivirent avec la même fièvre.

« Mais quand même, vous attendiez-vous une seconde à la rapidité de notre effondrement ? », lança quelqu'un de but en blanc. L'homme avait une apparence de vieux singe, quelque chose de miteux, de vaguement pitoyable dans la silhouette. Le cou trop maigre pendait dans son col ; les cheveux y traînaient ; les lunettes glissaient sur son nez. Mais quel regard ! Brillant, immensément ouvert au monde. C'était Paul Valéry.

« La seule chose qui m'étonne, répondit Drieu, s'installant dans un fauteuil, c'est d'avoir pressenti si tôt, et si bien, notre débâcle. J'étais convaincu que les Français se déroberaient devant le combat. Le radicalisme et la franc-maçonnerie, pour ne pas citer le reste, ont perdu la France.

– Vous oubliez que près de cent mille hommes y sont restés, sans compter un nombre inouï de prisonniers de guerre... Plus d'un million et demi ! Nos combattants étaient conduits par des imbéciles ! Il n'y avait pas la moindre coordination entre forces aériennes et terrestres », lui rétorqua Pierre, qui avait servi à Metz.

Poursuivant son tour du salon en veillant à ne pas commettre d'impair, Marie-Pierre s'inclinait devant d'autres convives familiers de la maison, enfoncés dans les fauteuils. Armand Salacrou était un personnage à part, dans la galaxie du 36. Cet écrivain, qui avait rejoint les surréalistes après un passage au Parti communiste, était devenu proche de Max Jacob. Il était le seul à oser critiquer le fascisme et Hitler dans l'enceinte de l'hôtel. Marie-Pierre avait compris par le chauffeur qu'il avait été un temps un intime de sa mère, mais personne ne semblait être au courant de leur relation. La jeune fille n'était pas à une ambiguïté sentimentale près.

Emmanuel Berl lui lança une œillade. Lui était un juif qui, bien que juif, prônait le rejet des juifs de peur qu'on ne le prenne pour un juif. Il était talentueux, compliqué et racontait ses dialogues avec Marcel Proust qu'il avait connu intimement. Un jour, l'auteur de *La Recherche*, en désaccord avec lui, lui aurait jeté une paire de pantoufles à la tête ! Pierre et May adoraient Berl, car ils trouvaient en lui le miroir réfléchissant de leur mauvaise foi et une caution morale inespérée. Celui qui avait rédigé le discours de Pétain sur « la terre qui ne ment pas » considérait que l'antisémitisme de Paul Morand et de Céline était avant tout de l'humour, un humour d'un goût particulier, certes, mais qu'ils ne croyaient pas au fond ce qu'ils écrivaient. Le pire aurait été de le leur interdire – c'eût été reconnaître le bien-fondé de leurs divagations – et c'était la raison pour laquelle il s'était opposé en 1939 au décret Marchandeau qui avait vainement cherché à poursuivre les actes de diffamation raciale ou confessionnelle. Chacun devait être libre de son expression. Sa femme, Mireille, une actrice de music-hall, était une autre amie intime de May.

La voix de Drieu fulminait.

« Mais mon cher ami, vous n'y êtes pas... La France est un pays de héros devenus pêcheurs à la ligne ! C'est un pays fini, un pays de second ordre, de troisième ordre, peut-être ! Cette débâcle, c'est la faute de tous ces politiciens de la IIIe, la faute des juifs, des intellectuels de toutes sortes, des journalistes et des écrivains, des sorbonnards et des instituteurs, et même des évêques ! C'est maintenant le moment ou jamais de refonder le pays, de le purger de ses étrangers, de Normale Sup, de la friperie anglo-saxonne et du retapage démocratique que nous connaissons depuis trop longtemps !

– Mais le maréchal a dissous le Parlement !

– Il faut aller beaucoup plus loin ! Nous devons renvoyer à la terre les citadins d'origine campagnarde, retrouver notre véritable identité ! Nos vraies valeurs ! Dans la fédération européenne qu'Hitler mettra sur pied, il y aura une place pour la France... Hitler lui offrira, disons, la place de l'Écosse dans le Royaume-Uni, celle d'un vieux serviteur bien respecté.

– Et bien exploité... Un vieux serviteur, vous voulez dire un esclave ! Je ne vois pas en quoi piller son voisin construirait la moindre fédération...

N'avez-vous pas lu la convention d'armistice ? », s'écria un membre de l'assistance avec inconscience.

La conversation chuta un silence précautionneux grandit. Comme chacun savait, Josée formait un couple filial avec son père.

« Heureusement, nous avons notre président du Conseil, si habile et tenace dans les négociations avec les Allemands », énonça May, en décroisant ses fines jambes, qu'elle tendit à la manière d'une ballerine jaugeant son cou-de-pied. Elle intervenait toujours à propos. Elle se tourna vers son amie. « Votre père n'a-t-il pas déclaré qu'il serait capable de négocier avec le diable pour sauver la paix ? » Dans le grand salon, les invités s'esclaffèrent.

Drieu laissa passer le commentaire sur l'homme fort de Vichy et, jetant un regard de mépris sur Josée, embraya sur l'avenir de la France. Il n'y avait plus dans ce chemin de croix que Paul Morand à saluer, adossé à la cheminée en marbre rose surmontée d'une paire de vases en porphyre. Un fume-cigarette à la main, le torse athlétique bombé sous son gilet de diplomate, il compensait sa petite taille par un regard de bouddha. La jeune fille se pressa vers lui, car il s'était montré gentil avec elle durant des voyages de noces officieux aux Pays-Bas, dont Bobby et elle avaient fait partie, enfants, sans comprendre la raison de leur présence, ni si leur père était d'accord, ou même seulement informé. Une redoutable complicité était née de l'équivoque de ces moments dont ils n'avaient pas pleinement compris le degré de traîtrise et qui les avaient transportés de félicité.

En sa présence, leur mère avait subitement changé de visage. Elle s'était montrée enjouée, radieuse même, riant de leurs bêtises, allant jusqu'à leur donner le bain – à leur stupéfaction – alors que son amant attitré les embarquait tous dans sa Bugatti piquer des pointes à 180 km/h sur les routes de campagne hollandaises. Jamais ils n'avaient autant ri, les cheveux balayés par le vent, débarrassés enfin de Mademoiselle... L'écrivain pressé l'embrassa en lui tapotant l'épaule, comme s'il comprenait son calvaire. Près de lui, la Minerve, Hélène, trop occupée à redessiner ses lèvres avec son rouge pour l'embrasser, lui tendit une main chargée d'un volumineux solitaire. Marie-Pierre avait passé son enfance à lui faire la révérence lors des thés donnés dans leur appartement avenue Charles-Floquet.

Le patron de la NRF conclut.

« On va voir maintenant ce qu'il y a au fond du nazisme. Seront-ils capables d'institutions, de fonder pour mille ans ? Ils auront tous les atouts en main : la suppression des frontières et du nationalisme, aucune entrave doctrinaire, ce qui leur permettra de mélanger socialisme et capitalisme, une église brisée qu'on peut soumettre à une réforme radicale, et puis toutes les possibilités de l'eugénisme dans une Europe nettoyée des juifs, des bicots et des nègres. »

Les pans de la porte du salon s'ouvrirent brusquement dans un *bang* sonore et le maître d'hôtel se présenta, un plateau à la main. Profitant de l'attention portée aux petits fours, la jeune fille s'engouffra à travers la porte ouverte et dégringola à la volée le grand escalier. Sur le trottoir du cours Albert-Ier, la tête lui tourna. Elle n'en finissait pas de poursuivre sa ronde coupable de révérences et d'irrévérences.

Chaque matin, l'air était de cristal et la neige se dérobait sous les pas par grumeaux. Une mystique collective émergeait de cette retraite en altitude. Chacun à tour de rôle, les élèves hissaient le drapeau sur le mât, en silence, puis entonnaient *La Marseillaise*, accompagnés de l'assistance. Ce cérémonial, qui avait longtemps paru artificiel à Simon, lui étreignait maintenant le cœur. L'ensemble des élèves se lançaient ensuite dans un rituel que l'école appelait le « décrassage », une série d'exercices qui consistait à courir, ramper, sauter des obstacles et effectuer des exercices de gymnastique. La journée, ensuite, se déroulait de manière studieuse.

Simon ne cessait d'aller et venir entre Uriage et Grenoble, afin de ne pas éveiller des soupçons. Sa famille passait inaperçue dans la ville, qui recueillait de nombreux réfugiés. Les enfants allaient au collège Champollion. Pierre était inscrit aux louveteaux protestants. Jean finissait sa philo avec un professeur qui, non content d'improviser des thèses sur Bergson, apprenait incidemment à ses élèves l'art de se servir d'une mitraillette.

La débâcle avait rendu Simon intolérant à toute idée d'embrigadement militaire. Or, l'école professait une formation inédite du corps et de la pensée. Sans doute était-ce l'effet d'une discipline, assurée par le Vieux Chef, alliée à une ouverture d'esprit, ou encore à une culpabilité tacite, qui permettaient toutes les audaces intellectuelles.

Puisque le pays était moribond, alors toutes les possibilités de recours et de revanche devaient être étudiées. Rien n'était laissé au hasard ; aucune idée n'était mise de côté ; la discrimination n'était pas tolérée. Au fin fond de l'Isère, dans un vieux château décrépi, chaque participant se penchait à corps perdu sur la meilleure manière de lutter contre Hitler et de redéfinir l'identité de la France. Quel était l'homme nouveau susceptible d'offrir un contrepoint à l'homme nazi ? Simon et les autres élèves d'Uriage menaient des discussions passionnées à propos de la primauté des libertés individuelles sur l'autoritarisme de Vichy et son dirigisme corporatiste.

Simon s'aperçut vite que, malgré l'atypisme revendiqué par l'école, l'apport des femmes – leurs opinions, leur expérience et leur talent – était, lui, absent dans son grand projet. À Uriage, celles-ci dactylographiaient les cours, cuisinaient, portaient du matériel et nettoyaient les pièces du château et prenaient, en outre, des risques considérables pour acheminer le ravitaillement et transporter des colis délicats sans pour autant disposer de moyens de se défendre. Les archaïsmes l'avaient emporté sur le désir de modernité et de justice.

L'apprenti conférencier regrettait l'absence de Germaine, occupée à rechercher des abris et de faux documents d'identité à des réfugiés. Il se remémorait, dans le creux de la nuit, sa silhouette et son regard, tremblant à l'idée qu'elle tombe dans une embuscade. On racontait beaucoup ses aventures qui lui donnaient une réputation d'audace et d'invincibilité. Germaine était parvenue à trouver du matériel radio, grâce à un réseau de Clermont-Ferrand qui l'avait dérobé à un dépôt allemand. La police était tombée sur une partie de l'équipement dans l'entreprise qui l'employait, et l'avait emmenée au commissariat central, passage du Jardin-de-Ville. Ils l'avaient fait entrer dans une pièce vide. La fenêtre de l'entresol donnait sur le passage. N'entendant aucun bruit, elle avait ouvert la fenêtre et s'était sauvée. Alors qu'elle avait annoncé à ses parents devoir quitter définitivement la région, les responsables du Vercors l'avaient retenue en lui suggérant de modifier les traits de son visage, le dessin de ses sourcils, la teinture de ses cheveux, et son allure générale, afin de poursuivre ses activités d'agent de liaison entre les maquis. À présent, plus personne ne parvenait à la reconnaître.

Simon se familiarisait avec les idées d'Emmanuel Mounier, réfugié dans la Drôme, et avec celles du Vieux Chef. Segonzac réfléchissait à rassembler les différentes contributions dans un corpus de propositions destiné à être publié à la Libération.

L'école encourageait les activités physiques, mais aussi manuelles et artistiques, afin de réanimer le cœur et l'âme des participants : se cultiver, peindre, jouer de la musique, entonner des chansons populaires, et danser lors de veillées. Des comédiens et des costumiers, hébergés par l'école, animaient des soirées et enseignaient aux stagiaires comment monter une pièce de théâtre.

Ces pratiques pouvaient paraître naïves, voire puériles, mais, face aux spectres du régime de Vichy, tous et toutes revivaient enfin. Pour Simon, ce retour consenti à l'enfance et à l'innocence était la condition nécessaire de la renaissance d'hommes dont Vichy avait voulu faire des fantômes. Il était subitement plongé au cœur d'une vie populaire qui lui inspirait de nouveaux rapports à autrui. Des liens inaltérables se tissaient sous l'effet du danger et de l'amour de la France. Simon se libérait enfin d'une éducation qui estimait que seuls les diplômes étaient remarquables. Le brassage des milieux, des origines et des formations opéré par l'école était, pour lui, une expérience inédite. Il répondait à tout ce que le jeune réfugié espérait des rapports humains.

Les chars Tigre et Panther avaient élu domicile sur le cours Albert-Ier, où un marché prenait place chaque semaine. La foule s'activait à chercher les rares denrées sur les stands, longeant les blindés immobiles. En fin de matinée, Marie-Pierre remarqua des dames qui erraient avec leurs enfants à la main, une étoile jaune cousue sur le revers de leur manteau. C'était la fin du marché. Elles étaient dispersées au milieu des étalages, sur lesquels chacun s'était jeté. Il ne restait pourtant plus que des déchets. Le maître d'hôtel du 36 remarqua sa surprise :

« Mademoiselle Marie-Pierre, ces femmes sont juives. Elles n'ont plus le droit de venir avant la fin du marché. »

Une petite fille leva la tête vers l'habitante du 36, le regard étonné, l'étoile sur le cœur.

Tous les amis et amies que sa famille fréquentait étaient donc montrés du doigt. Ils émergeaient subitement sous un nouveau jour, si l'on peut dire, dans un halo d'ostracisme : hier, proches fréquentables et fréquentés, aujourd'hui ennemis soupçonnés et vilipendés. Les instituteurs parisiens étaient sommés par Vichy d'emmener leurs élèves visiter une exposition sur « Le Juif et la France ». Celle-ci expliquait, à l'aide de grands panneaux, comment reconnaître un juif, et en quoi un individu de cette obédience était dangereux et méprisable. « Ils sont devenus eux et nous sommes restés nous », pensa Marie-Pierre, glacée par cette pluie d'exclusions et de mortifications.

La jeune fille du 36 était étonnée de cet ordonnancement qui avait saisi la société. Les attaques visant les juifs ne semblaient provenir que d'extrémistes. Mais, dans un sursaut de rectitude, elle prit conscience que ce phénomène avait affecté sa propre famille. En pleine affaire Dreyfus, son arrière-grand-mère, « Mémé », petite duchesse d'Uzès – née prématurée, sauvée contre toute attente par le pouvoir cotonneux d'une boîte à chaussures, devenue la déesse tutélaire de la vénerie –, n'avait-elle pas souscrit au monument Henry ? En 1898, une souscription avait été lancée en effet par un quotidien antisémite en faveur de la veuve et de l'orphelin du colonel suicidé. Henry avait falsifié des lettres afin d'incriminer le capitaine Dreyfus et fini par se trancher la gorge dans un geste sacrificiel avec le but, selon les vingt-cinq mille signataires, de sauver l'honneur de l'armée et de la nation. À cette mobilisation, nourrie d'accusations mortifères contre les juifs, accablés de tous les vices, s'était jointe une cohorte de militaires, d'étudiants, d'ouvriers, d'artisans et de grands noms de l'aristocratie, les Broglie, les Rochefoucauld, et... les Brissac. Sans compter Paul Valéry.

Ce phénomène intervenait dans leur propre cercle familial. Après qu'une parente d'origine juive par alliance, Jacqueline Citroën, avait fait coudre son étoile jaune sur ses vestes haute couture, ils l'avaient retrouvée aux fêtes de famille, dans des manifestations équestres à l'Étrier ou aux courses à Longchamp, comme si de rien n'était.

Nothing personal.

May les avait emmenés, à leur tour, Bobby et elle, visiter l'exposition sur « Le Juif et la France », puis une autre sur les francs-maçons. Marie-Pierre y avait observé là, dans une sorte de stupeur embarrassée, des caricatures de personnages malveillants, et une multitude d'outils qui lui semblèrent dérisoires de la part d'ennemis de la patrie.

Le paradoxe était que ses parents recevaient des juifs, des Rothschild à Emmanuel Berl. Au 36, l'« israélite de salon » était toléré, voire apprécié : un homme de lettres contant comme Montaigne, rédigeant les discours du maréchal, ancien combattant de la Grande Guerre, si assimilé qu'il méprisait lui-même les chapeaux de Lodz ou les barbus d'Odessa... May admirait à la folie Marie-Laure de Noailles, née Bischoffsheim, son amour des arts, sa créativité de mécène, ses goûts originaux et sa fantaisie. En apparence, la générosité et l'argent semblaient faciliter leurs rapports. En réalité, ils confortaient les préjugés d'une aristocratie vivant dans la hantise du déclassement. Une sourde compétition du talent et de l'élection était à l'œuvre. Cent cinquante ans après la Révolution, la crainte de la dérogeance était encore prégnante dans l'esprit de May et Pierre, comme si le moindre pas de côté aurait pu les exclure d'une cour désormais imaginaire. Ils avaient été convaincus par Charles Maurras que les juifs avaient engendré la Révolution française et mis un terme à leur pouvoir.

Les parents de Marie-Pierre baignaient dans une fantasmagorie délirante qui avait subrogé leur conscience de l'autre. Ils vivaient dans une allégeance et une fidélité absolues aux règles de leur univers social. May entretenait des liens affectueux avec Josée et l'invitait à lui rendre visite au château de Brissac où étaient entreposées des collections nationales, exfiltrées du Louvre dans la panique, avant l'entrée des Allemands à Paris.

Chère Josée,
Je reste à Brissac jusqu'au 30 septembre, sauf deux jours à Paris du 21 au 24. J'espère que vous pourrez nous faire le plaisir de venir passer quelques jours. Le voyage Paris-Montparnasse 8 h 20-Angers 12 h 30 est facile ; la grosse difficulté, c'est d'avoir des places dans le train. À Angers, un gros cheval et une vieille voiture vous prendraient pour vous amener à Brissac en une heure et demie. Il fait un temps de rêve, mais je suppose qu'à Antibes vous avez mieux. J'espère que votre séjour est sympathique. Ici, on nous a collé à cent mètres du château un dépôt de munitions. Curieux dépôt à côté du dépôt d'œuvres d'art qui va sans doute nous valoir des visites ! J'espère donc à bientôt et vous envoie toutes mes affectueuses amitiés.
May

Un après-midi, la fille de Pierre Laval était arrivée au pas de la lourde jument. May et Pierre ainsi que les enfants l'avaient accueillie devant le château à sept étages, puis l'avaient emmenée, avec des amies, Anne Seillière et Irène Hennessy, piqueniquer sur les bords ensoleillés de la Loire. Ils avaient ensuite entrepris des courses en canot au milieu des éclats de rames et de rires, qui s'étaient achevées par un ensablement dans les rives.

En fin de journée, ils avaient assisté à la présentation de l'équipage de vénerie par Pierre, apparu en redingote noire et parements vieil or avec galon de vénerie. Son fouet et sa dague de chasse étaient croisés au centre, coiffés de la couronne ducale fermée, les Brissac ayant été ducs et pairs de France. Sa trompe de chasse à l'épaule, entouré de la meute, il s'avançait à cheval vers le château. Un trouble sentiment de désacralisation saisit Marie-Pierre à cet instant. Qui était-elle vraiment ? La jeune fille de cette maison, se pliant avec gaieté à cet exercice qu'elle connaissait par cœur, et qui, jadis, l'impressionnait – il fallait voir son père, magnifique, se faisant obéir des chiens à la voix ? Ou celle qui correspondait à ce que son cœur et son âme lui disaient d'être ? Vivait-elle un songe ou la réalité ?

Quelques semaines plus tôt, lors d'un de ses cours, Mme Delhomme avait rapporté à ses élèves une rumeur horrifique. Des cris et des pleurs d'enfants avaient été entendus dans certains quartiers de Paris, des enfants que des policiers plaçaient dans des bus. Une rafle sans précédent de juifs, conduits au Vél d'Hiv, avait été orchestrée par

Vichy à la demande de l'occupant. Selon les bruits, des enfants avaient été plus tard transférés par centaines à la gare d'Austerlitz, et emmenés dans des wagons à bestiaux pour une destination inconnue.

Géographie de l'obscur. Où ces enfants allaient-ils, et pourquoi ? Ils n'allaient pas dans des camps de travail, bien évidemment. Alors que devenaient leurs parents ? Marie-Pierre se souvint de son évanouissement devant les récits du général Badoglio. Sa nausée ressurgissait. Elle savait que ses parents étaient non seulement informés par Josée, principale confidente de son père, mais qu'ils soutenaient la politique de Vichy, agréaient sa haine et ses raisonnements. Ce cénacle vivait en osmose, à la poursuite d'une échappatoire mondaine et spectaculairement futile, aux conséquences d'autant plus insupportables. Ces enlèvements criminels n'étaient-ils pas la conséquence logique des propos que Marie-Pierre entendait à longueur de journée ?

On parlait d'un antisémitisme mondain, produit d'insouciantes rencontres. Mais le juif, dans la représentation machiavélique que ses parents et leurs amis s'en faisaient, n'était pas seulement l'incarnation d'un préjugé. Il était tout simplement intolérable. Leur désir le plus cher était simple : le faire disparaître, par une conspiration tacite. Sans bruit et dans la légalité. Il n'était évidemment pas convenable d'en parler à table ; mais il était légitime d'envoyer des policiers cueillir des familles au petit matin, les rassembler dans des « centres d'accueil » et les déporter.

Faute de réels débats, toute vie parlementaire ayant été confisquée, la politique de Vichy se faufilait dans les salons jusque dans les alcôves. Ses parents avaient accès au pouvoir, le côtoyaient dans l'intimité, l'abreuvaient de leurs invitations, de leurs rires et de leurs désirs. Ils étaient en mesure de prévenir des décisions par l'influence, le raisonnement, le refus, le brio ou l'exemple.

Et eux, leurs enfants, avaient maintenant du sang sur leurs jeunes mains, indélébile, comme dans un conte que personne n'aurait jamais eu le courage de leur raconter.

Les élèves et les enseignants d'Uriage évoluaient, semaine après semaine, dans une alchimie faite d'inquiétude et de bonheur, d'innocence et d'adversité. L'acte de naissance d'un jeune Parisien juif laïcisé, dans le Vercors aux flancs de calcaire, n'était écrit nulle part. L'école était un miracle d'émancipation qui aurait presque fait oublier la guerre.

De mystérieux mouvements troublaient pourtant les nuits. Des voitures grondaient dans la quiétude de la montagne. Le château n'était pas un centre d'apprentissage, mais un havre. Ce n'était pas une institution, mais une couverture institutionnelle. Simon comprenait le dessein d'Uriage, cependant le comportement et la personnalité de son fondateur ne cessaient de le troubler.

En 1940, Segonzac avait accueilli Pétain en sauveur, de même que la majorité des parlementaires, malgré le coup de force de Laval. Simon apprit, en

1942, que le Vieux Chef s'était rendu à plusieurs reprises à Vichy rencontrer secrètement Pétain, par l'entremise du docteur Ménétrel et d'Henri du Moulin de Labarthète... Le conférencier sut également par ses pairs que Segonzac avait été sur le point d'être révoqué en janvier 1941. Vichy lui avait reproché, peu après la création de l'école, de promouvoir un foyer de « personnalisme » contraire à l'idéologie de la Révolution nationale. Gaston Bergery, un politicien de gauche en faveur de la collaboration, lui avait sauvé la tête *in extremis*.

Vichy avait ensuite ordonné au capitaine d'exclure d'Uriage Emmanuel Mounier et l'abbé de Naurois dont la connaissance de l'Allemagne hitlérienne, l'antinazisme et l'influence inquiétaient la hiérarchie vichyste.

Le limogeage du général Weygand, en novembre 1941, avait sonné la fin de l'espoir de la lutte armée du gouvernement en Afrique du Nord. À côté de ses activités d'enseignement, Segonzac avait alors transformé clandestinement l'école en une filière d'évasion de prisonniers, une fabrique de faux papiers et un entrepôt de munitions. Il soutenait les noyaux de Résistance qui s'innervaient dans les maquis du Vercors et du Dauphiné. Il tentait de les pacifier malgré leurs dissensions virulentes, en expliquant leurs enjeux communs et en aplanissant leurs différends.

Uriage réunissait ainsi, sans grande précaution, les chefs de la Résistance locale pour échanger leurs expériences et rompre leur isolement. Simon découvrait ces femmes et ces hommes, les difficultés de la vie en dissidence et leurs rivalités. Segonzac et ses compagnons l'aidaient à repérer qui était qui et à décrypter leurs opinions. À vingt et un ans, il argumentait et débattait avec eux de la France de l'après-Libération. Tous discutaient de l'ambition révolutionnaire de créer une nouvelle société civile en France.

En quelques minutes, Marie-Pierre vit la poitrine de Tom Pa refluer péniblement, puis entendit un râle caverneux. Son grand-père s'éteignit dans sa chambre tapissée de soieries vertes. Ses yeux étaient partis dans l'au-delà. Elle tenait son poignet, subitement sans vie, plongée dans une terreur enfantine. Il était son soutien inconditionnel, sa revanche sur un destin borné et superficiel. Lui seul lui avait octroyé une confiance sans préjugés. Il avait assisté avec patience à l'oral de son premier bachot et ses encouragements avaient décuplé l'ambition de la jeune femme pour les études. Qui allait maintenant la protéger de la sottise de ses parents ?

Le Creusot avait été bombardé quelques semaines auparavant. Tom Pa s'y était rendu afin d'expédier mille ouvriers pour la relève en Allemagne. Le sous-préfet d'Autun avait vu passer soixante bombardiers au-dessus de lui et s'était mis immédiatement en route avec toutes les ambulances de la ville.

Les journées de Marie-Pierre obéissaient désormais au même protocole : approche anxieuse de la balance au réveil – abdominaux rivés au diaphragme dans le vain espoir d'atténuer la sentence –, messe de huit heures à l'église Saint-Pierre de Chaillot, études, piano, chant, dîner à l'office avec Bobby, sous le regard acéré de leur gouvernante. Enfin, après avoir pris le thé avec Granny, elle se promenait sur les quais de la Seine, ou aux Tuileries, un livre à la main, un col de dentelle sur sa robe noire. Le credo de sa grand-mère était devenu le sien : ne pas se mettre en avant ni se montrer sur un pied d'égalité avec les hommes, présenter le plus de douceur possible.

Seules ses études la captivaient. Une force d'une puissance extraordinaire s'exerçait sur sa nuque et la rivait à son travail. Elle y déployait et aiguisait ses capacités de raisonnement et d'analyse. La jeune fille explorait tous les concepts qui se présentaient à elle, la plupart du temps, par des biais religieux. Elle lisait Bergson, Balzac, les *Causeries du lundi* de Sainte-Beuve, Vauvenargues. Elle étudiait Guizot, lisait George Sand et les *Mémoires d'outre-tombe*. Elle découvrait Spinoza, le rêve et le risque. Après avoir achevé la biographie de Bismarck par Jacques Bainville, elle n'eut plus qu'un souhait : écrire une biographie de Théophile

Delcassé, dont elle admirait le sang-froid de négociateur qui avait permis de transformer une crise en un rapprochement entre la France et le Royaume-Uni.

Marie-Pierre préparait son deuxième bachot et s'interrogeait avec inquiétude sur le contenu de cette nouvelle classe appelée « philosophie », mais personne ne pouvait l'éclairer. Rien n'était clair quant à son avenir. Devrait-elle exercer un métier ? Elle n'en savait rien, mais elle était déterminée à apprendre la sténo, la diction, la couture et la cuisine.

La vie l'indifférait. Celle-ci la rattrapait, pourtant, sans crier gare et avec obscénité. Un après-midi, alors qu'elle rentrait de Sainte-Marie dans l'un des rares autobus qui circulaient encore à Paris, un type, mégot aux lèvres, la coinça sur la plate-forme. Vêtu d'un complet élimé, les cheveux gominés, il dégageait une odeur âcre. Il la serrait de plus en plus. Elle tourna la tête, gênée, et sentit une barre lui rentrer dans le ventre. Elle ne savait que faire et se dégagea faiblement, murmurant un : « Pardon, monsieur ! » d'une voix blanche, en entrant précipitamment dans le bus. Le contrôleur attrapa l'homme par l'épaule et le rudoya sans ménagement. Marie-Pierre n'eut de cesse, par la suite, de repasser le film de cet incident qui montrait son manque d'assurance. La jeune fille avait dix-sept ans.

Avant-guerre, un décorateur en vogue avait suggéré à May une mise en scène du 36, un jeu de drapés et de lumières. Ses habitants étaient-ils réellement vivants dans ce palais peuplé d'ombres ou bien s'agissait-il d'un tombeau ? Ils vivaient dans une magnificence qui contrastait de manière stupéfiante avec la déshérence de la rue. Le seul réconfort de Marie-Pierre était de se réfugier dans le petit salon damassé de vert au deuxième étage, où elle se réchauffait au coin d'un poêle hideux, mais réconfortant.

La vue du salon vert surplombait les marronniers et dominait la Seine qui se jouait des guerres, des émeutes et des régimes. Avant le dîner, la jeune héritière s'essayait à des airs avec sa guitare. Elle pinçait deux cordes, tournait à peine la vis nacrée, pour tendre le *mi*, et égrenait les notes, en chantonnant une vieille chanson vendéenne.

J'avais acheté pour ta fête
Trois petits mouchoirs de Cholet
Rouges comme la cerisette…

Avec ses longues nattes qui effleuraient le caisson, enfin amincie, elle ressemblait à une jeune bohémienne. Elle commençait tout juste à se détester moins. Puis, son père mettait parfois des slows diffusés par la *BBC* et ils finissaient par danser ensemble dans le salon, imprimant leur cadence dans cet espace restreint. Ils redevenaient, pour quelques minutes, des corps et des émotions.

Un tremblement de terre intervint pourtant, dans ce calendrier sans date ni échéance. Au cours du dîner, May annonça que tous les hommes de vingt à vingt-deux ans étaient réquisitionnés à la demande du *Gauleiter* Sauckel pour travailler en Allemagne. L'ogre nazi demandait de la chair pour ses usines. Les garçons que Marie-Pierre aimait et admirait allaient partir, sans aucune perspective de retour. C'était la première fois que les habitants du 36 étaient, directement et intimement, affectés par la guerre.

À la suite de l'invasion de l'Afrique du Nord par les Alliés en novembre 1942, les plans de Vichy s'effondrèrent à nouveau. Les Allemands envahirent aussitôt la zone sud de la France. Les Italiens reçurent pour mission d'occuper la région qui s'étendait de Genève à la Durance. Le général di Castiglione, commandant de la division Pusteria, fit une entrée éclatante dans Grenoble à cheval.

Des portraits du maréchal Pétain et de Joseph Darnand envoyés par Vichy, arrivèrent à Uriage dans d'immenses caisses. Simon les contempla, alignées une à une, dans un couloir. Pierre Laval venait d'affirmer à l'archevêque de Lyon : « Le nazisme, mais que voulez-vous que nous craignions du nazisme ?... C'est une affaire purement intérieure pour l'Allemagne. » Vichy entendait mettre au pas cette école qui échappait de plus en plus à son contrôle. Les caisses restèrent fermées malgré la visite de Darnand qui vint faire un sermon sur la Révolution nationale aux élèves d'Uriage ; parmi eux se dissimulaient quelques maquisards hilares.

Mais, à la fin 1942, la veillée de Noël, célébrée avec chaleur malgré la sobriété des moyens, prit un tour inhabituel. Le Vieux Chef réunit tous les élèves et les professeurs dans la salle des Gardes. Segonzac brisa soudain le brouhaha convivial. Le visage inhabituellement assombri, il déclara d'une voix monocorde la fermeture de l'école par décret de Vichy et annonça faire l'objet d'un mandat d'arrêt. Uriage serait transformée en centre de formation de la Milice.

Une clameur désolée s'éleva de l'auditoire. Les miliciens créaient une atmosphère de terreur dans toute la région, amenant eux-mêmes les résistants aux autorités d'Occupation afin de les interroger dans la salle de torture. Segonzac jeta alors sur la grande table un drapeau français découpé. Il en distribua un morceau à chaque membre de l'assemblée et fit le serment de le reconstituer après la victoire des Alliés. Le capitaine fit ensuite le tour de la salle, plongeant son regard dans celui de chacun, puis, après leur avoir serré la main, il ouvrit la porte et se volatilisa.

Si Gaston s'était fait recenser en tant que juif à Paris, Simon et le reste de la famille ne s'étaient pas déclarés. À la suite de l'occupation de la zone sud et de la multiplication des rafles, Julie, Jean – qui avait tout juste dix-huit ans –, et les petits, Pierre et Jacqueline, couraient à présent un danger mortel en vivant à Grenoble. Simon et Jean reçurent en janvier une convocation les sommant de se présenter devant la commission médicale du Service du travail obligatoire (STO).

Des milliers de jeunes hommes cherchaient maintenant à se cacher pour ne pas être envoyés en Allemagne comme travailleurs forcés. Mais les maquis du Vercors étaient incapables de les accueillir et imposèrent un filtrage des volontaires. La délégation civile, créée à Londres par le général de Gaulle, envoya des fonds pour équiper les nouvelles recrues.

La famille Nora trouva refuge dans un petit village au nord du Vercors, à Méaudre. Le maire de ce village, proche de Saint-Nizier, accepta de les cacher dans sa ferme. Celle-ci, une grande bâtisse dotée d'une grange, se situait un peu à l'écart du village, entourée de prés, en contrebas de la forêt.

Franchir le pas de l'illégalité était sans retour et menait à un camp en Allemagne en cas d'arrestation. Se soustraire au travail était une évidence pour les deux frères. Il fallait donc se préparer soigneusement. Cela signifiait rompre avec sa famille et s'évaporer dans la nature sans pouvoir rien dévoiler et, sans doute, pour une longue période. Simon réfléchissait à la meilleure façon pour lui de poursuivre le combat tout en s'assurant de l'absence de représailles contre sa famille. Il était parvenu à jouer sur les deux tableaux pendant des mois. Fallait-il maintenant rejoindre le maquis ou lutter avec les armes d'influence auxquelles Uriage l'avait familiarisé ? Où pourrait-il être réellement utile alors que les confrontations dramatiques escaladaient entre résistants, miliciens, Italiens et maintenant Allemands ? Que son père lui aurait-il conseillé de faire à présent, alors que les communications étaient rendues impossibles par le contrôle du courrier, à l'exception des fades cartons préremplis dont il fallait rayer les mentions inutiles ?

- En bonne santé
- Fatigué
- Légèrement, gravement malade, blessé
- Tué
- Prisonnier
- Décédé
- Sans nouvelles

…

Affectueuses pensées ou baisers,
Signature

L'atmosphère dans le Vercors tendait aux extrêmes. Il y avait désormais quelque chose de métallique dans l'air, quelque chose de glaçant et d'impitoyable. Simon respirait avec difficulté. Il était persuadé que son père, si combatif, aurait mis son *nihil obstat* à l'engagement de son fils dans la clandestinité. Il ne doutait pas que Gaston devait en faire de même à Paris. Face à sa mère et à sa jeune fratrie, il avait le sentiment de trahir ses engagements familiaux, mais il devait faire un choix. Le temps pressait. Une rumeur circulait sur des rafles préventives opérées par la Milice.

Se dire au revoir et peut-être même adieu. Voilà ce que réservait cette soirée de janvier 1943 pendant laquelle Simon et Jean expliquèrent à leur mère leur décision en donnant le moins de détails possible. Simon rejoindrait les maquis, alors que Jean veillerait sur sa famille tout en participant à des missions de renseignement pour la Résistance. Tout contact direct serait prohibé, même en cas de proximité, en raison de la présence des miliciens et des carabiniers italiens. Julie fut anéantie par cette perspective. Jean, qui avait dix-neuf ans, tenta de la rassurer. Ils seraient protégés à Méaudre par le maire et par la solidarité des villageois. Les autorités n'osaient pas pénétrer dans le massif du Vercors tant ses habitants leur étaient hostiles. Avant de partir, Simon contempla le visage des petits endormis dans leur lit, abandonnés à leurs rêves, confiants, et déposa un ultime baiser sur leur joue.

Il se prépara à rejoindre ses aînés, Gilbert Gadoffre, Joffre Dumazedier et Hubert Beuve-Méry, l'ancien directeur des études d'Uriage, à la « Thébaïde ». Ce nom exotique désignait le lieu d'hébergement du noyau de Résistance reconstitué par Segonzac au château du Murinais, de l'autre côté de l'Isère. Après la dissolution de l'école, ses propriétaires, les Saint-Rémy de Pélissier, avaient proposé au capitaine d'accueillir son groupe dans ce château à l'architecture fantasque. C'était une construction pompeuse du XIXe siècle qui rappelait par sa préciosité le facteur Cheval ou un décor d'*Alice au pays des merveilles*.

Simon prit le car qu'empruntaient chaque jour les Grenoblois pour aller travailler dans l'Isère. Le véhicule embraya vers la sortie de Grenoble en direction de Voiron. Il espérait ne pas se faire remarquer en raison de son âge, mais se sentait dans la peau d'un suspect, en dépit de l'indifférence des passagers. Son sac serait acheminé par un autre canal. Les dernières maisons de la ville filaient de part et d'autre des baies vitrées, en même temps que s'atténuait son angoisse d'être démasqué. Il aspirait à se joindre à ces grandes personnalités, mais s'interrogeait sur les projets de la Thébaïde... Il se rappela les paroles de Segonzac : « Tout ceci sera dur. Il vous faudra vivre dans l'insécurité permanente, sans doute vous obliger à d'immenses efforts physiques et peut-être prendre les armes. Vous n'êtes pas obligé, Simon, et il faut être certain de pouvoir affronter les contraintes matérielles, la promiscuité, la peur, les marches de jour comme de nuit en montagne... Vous êtes autorisé à ne pas me rejoindre. » Il avait ajouté : « Je ne vous cache pas que ce sera long ».

Lorsqu'il débarqua au château, le jeune résistant fut tout de même interloqué par le décalage entre le bâtiment fantasque et l'ambition collégiale qui animait ses camarades. La vie communautaire, insolite, riche et joyeuse, qu'il avait connue à Uriage, avait spontanément repris forme à Murinais. Même rituel sportif, même atmosphère studieuse, même amour du spectacle et du chant, sans compter les séances quotidiennes de travail sur la réinvention de la société française. Acte II d'un théâtre de la vie dans une société en guerre. Les idées exprimées étaient plus que jamais destinées à alimenter un corpus pour l'après-Libération. Il régnait au Murinais une émulation sans précédent – à laquelle Simon apportait ses vues et son talent d'animation –, d'autant que Segonzac associait à cette genèse les mouvements régionaux de la résistance. Les chefs locaux avaient notamment accepté le principe de recevoir des équipes du Murinais qui enseigneraient l'histoire civique aux maquis et recueilleraient leurs réflexions sur la France de l'après-guerre.

La Thébaïde créa donc des équipes de deux ou trois personnes qui auraient pour mission d'aller de camp en camp afin de rompre l'isolement des maquisards et leur dispenser une formation mi-civique, mi-militaire. En effet, les chefs militaires de Grenoble, contactés par les chefs de la Résistance, refusaient de détacher des officiers pour encadrer les maquis – en lesquels ils n'avaient aucune confiance. Seuls des officiers issus de l'armée des Alpes, qui n'avaient jamais accepté la défaite et avaient fini par déserter, les avaient rejoints.

Il régnait une incompréhension complète entre une hiérarchie militaire normée, qui rêvait de bataillons ordonnés, et la situation hors norme à laquelle les résistants étaient confrontés. La guérilla n'était pas la tasse de thé des soldats. L'armée d'armistice était hésitante. Certains généraux se sentaient surveillés, ou hésitaient à passer à l'action.

D'abord affecté dans le Jura, Simon fut ensuite envoyé dans les camps situés au nord du Vercors. Il avait comme compagnon Mirouze, un ouvrier charpentier venu de Toulouse. Petit, très brun, celui-ci traînait un accent méridional évocateur. Le deuxième membre de leur groupe était Lemoine, un musicien qui les accompagnait avec un harmonica lors des veillées, et qui pratiquait le yoga le matin dans le parc du Murinais, à la stupéfaction générale.

« Votre mission, leur précisa Segonzac en convoquant les trois équipiers, consistera à convertir les jeunes hors-la-loi des maquis en résistants aguerris... Vous devrez aider leur chef et ses hommes à améliorer la vie du camp... Faire des exposés devant un public doté d'un niveau d'instruction disparate... Organiser des séances d'éducation physique de combat... Animer des veillées sur la France et sur l'action révolutionnaire... Rappeler les grands mouvements de Résistance française, Valmy, l'armée du peuple et les commandos de la Baltique... Enseigner les chants de défense nationaux et révolutionnaires... Expliquer la place des maquis dans la Résistance, et la place de celle-ci dans la coalition alliée, en fonction des éléments qu'on voudra bien vous transmettre... Et, enfin, enfin, réinventer inlassablement des projets pour une société nouvelle... »

Les trois hommes se regardèrent, passablement inquiets et dubitatifs.

Marie-Pierre fut reçue à son second bachot de philosophie avec mention. Mme Delhomme, existentialiste athée dont le recrutement par Sainte-Marie ne laissait pas de surprendre, l'incitait à poursuivre des études ambitieuses. Pour fêter son succès, elle l'invita à onze heures du matin à la Closerie des Lilas.

« Ma chère Marie-Pierre, je vous félicite pour votre mention. Vous avez un don pour apprendre et je vous souhaite de poursuivre de grandes études. Ne vous souciez pas de votre famille ! », dit-elle en brandissant une coupe de champagne, ce qui n'eut pas l'air d'étonner les voisins attablés. « À votre réussite universitaire. Vous irez jusqu'à l'agrégation, j'en suis certaine ! » Leurs flûtes tintèrent. Voilà une entrevue qui changeait son élève de son sempiternel emploi du temps de bachelière. Mme Delhomme ajouta : « Vous devenez une femme cultivée, affranchie et ravissante. Vous allez rendre les hommes fous ! » Les joues de

Marie-Pierre s'empourprèrent et elle ressentit une ivresse qui ne venait pas seulement de l'alcool.

May et Pierre donnèrent le soir même une grande réception au 36 en l'honneur de leur fille, à laquelle assistèrent certains de leurs invités coutumiers, dont Gabrielle Chanel et Paul Valéry. Les flambeaux étaient allumés, des violonistes jouaient des airs de Strauss, et des compositions florales embaumaient les salons. Les amis de Marie-Pierre, Jean de Beaumont, Jean de Sautiers, Jeanne-Marie de Broglie, Paul Lehideux, et Salomé Murat, furent présentés au grand écrivain. Mais surtout, ils dansèrent. Marie-Pierre valsa même avec Coco. Ils tourbillonnèrent, les adultes étaient aussi excités que les plus jeunes. La liberté et le désir de vivre les envahissaient, enfin.

Salomé Murat, une amie de Marie-Pierre, lui avoua une aventure extraordinaire : elle rentrait de Vichy où elle avait passé trois jours chez le maréchal qui venait d'avoir quatre-vingt-six ans. Après avoir été l'amant de sa mère, la marquise de Chasseloup, le maréchal était tombé amoureux d'elle. Il l'avait emmenée faire des promenades en auto. Le dernier jour, le maréchal l'avait pressée dans ses bras et l'avait embrassée sur la bouche, en lui disant : « Je t'aime. »

Le jour même, Charles de Chambrun intervint, désespéré, auprès de Josée en faveur de Charles de Cossé Brissac, le cousin de Pierre, capitaine au deuxième bureau de l'état-major de l'armée d'armistice, et de Ségolène de Wendel, qui venaient d'être arrêtés par la Gestapo pour faits de Résistance. Josée se « fâcha », comme elle l'écrivit dans son journal, face aux demandes incessantes.

À la fin de la soirée, l'ami écrivain de May, Armand Salacrou, vint converser avec Marie-Pierre. Il la regarda avec une attention particulière. Il n'était pas beau, mais il avait le charme de l'empathie. Elle lui parla sans ambages de ses projets académiques, connaissant sa liberté de pensée, inhabituelle dans l'entourage de ses parents. Armand lui promit de la soutenir. En robe décolletée de mousseline rose, portée par l'euphorie du champagne et de sa réussite, elle s'assit au bord de la fenêtre, sa chevelure ondulant dans la brise d'été. Ils s'étaient réfugiés dans la bibliothèque adjacente ; alors qu'ils devisaient gaiement, elle perçut des baisers rapides parcourir son avant-bras. Ils se propagèrent sur ses épaules et elle sentit la main de l'écrivain la prendre par la taille. La spirale du désir s'enclenchait à la vitesse d'une réaction nucléaire et, avec elle, le sentiment de commettre une faute irréparable. Mais que signifiait une faute, au 36 ? Et une vertu ? La bachelière arrêta l'incursion d'autorité.

Nullement découragé, Armand prit alors la décision de la chaperonner. Il demanda à May s'il pouvait emmener sa fille au théâtre – seule distraction encore possible à Paris –, et se promener dans la ville. Ainsi, Marie-Pierre assista avec lui à *L'Honorable Mr Pepys*. La première des *Mouches* fut le grand événement de la saison.

Les hommes étaient libres, mais ne le savaient pas, disait l'auteur. Il fallait simplement ne pas rater le dernier métro, pensait toute la salle.

Le premier geste du SS-Hauptsturmführer Dannecker fut de gifler sans raison le soldat au poste de garde de l'hôpital Rothschild. Puis le commandant du camp de Drancy débarqua dans la cour, marchant à vive allure entre les pavillons, vociférant dans un français saccadé : « Drancy réclame ses prisonniers ! Où sont mes prisonniers ? Je veux mes prisonniers !! »

Coiffé de sa casquette portant l'aigle du Reich et l'insigne du *Totenkopf* – une tête de mort avec deux fémurs en croix –, Dannecker se dirigea à grands pas vers l'interne de garde, à qui il donna des coups de pied dans les jambes, de ses hautes bottes en cuir fin, tout en hurlant : « C'est fini les conneries, de se moquer de nous, de cacher des juifs. Ils ne sont pas malades, vous êtes tous des simulateurs ! Vous nous le paierez ! » Puis il traîna le jeune médecin vers les pavillons, entourés de barbelés, où étaient hospitalisés les patients détenus.

« On va passer en revue les patients un par un, la liste n'est pas complète ! Ça fait des mois que je vous dis de renvoyer les malades à Drancy, simplement parce qu'ils ne sont pas malades ! » Il s'avança dans la salle vers une femme. « Elle a été opérée d'une appendicite il y a deux jours », osa l'interne, effaré. Dannecker lui arracha rageusement son pansement. « Et alors ? Elle est guérie maintenant, faites-la revenir à Drancy ! » Sa fureur ne faisait que croître à chaque lit qu'il passait. Il flanqua deux gifles à un patient mutilé de la Grande Guerre, qui avait revêtu sa veste avec la rosette de la Légion d'honneur, le faisant tomber à terre. Puis, il s'arrêta net devant un homme qui avait été opéré de l'estomac. « Et lui ? » L'interne lui décrivit l'intervention subie. Dannecker hurla : « Et alors ! On peut vivre sans estomac ! Un juif peut vivre sans estomac ! »

Face au convalescent suivant, auquel on avait retiré un ganglion, l'interne eut une idée lumineuse et déclara, d'un ton catégorique : « Tuberculose. » Le visage du commandant devint livide. Il distribua au médecin plusieurs coups de botte, puis la perspective des bacilles de Koch le fit reculer : « Approchez pas, sale juif ! » La tuberculose régnait soudain à l'étage supérieur du pavillon, dont les patients étaient, par chance, tous atteints.

Désorienté et déçu de sa revue, le commandant sortit son pistolet et le pointa sur l'interne, sans une parole, de la même manière qu'il aurait visé une cible accrochée à un poteau. Il semblait hypnotisé par cet homme qui osait défier sa folie. On lisait dans ses yeux le délire meurtrier du Reich, l'impossibilité d'envisager l'échec nazi. Une dizaine de secondes s'évanouirent entre la vie et la mort alors que le cœur du médecin battait à rompre. Puis Dannecker sortit à reculons, le pistolet toujours braqué sur le médecin, et disparut derrière la porte du pavillon.

Le lendemain, des policiers arrivèrent en car pour chercher les malades désignés par le commandant et les emmener à Drancy. L'interne, le docteur Marcel Leibovici, avait lui disparu la veille par le sous-sol qui communiquait avec une sortie. L'hôpital continuait, en apparence, à fonctionner de manière tout à fait normale, au cœur de Paris.

Et il le fallait. Une filière de protection des malades, à qui l'on attribuait sans réserve des complications postopératoires, des convalescences à coup de faux diagnostics, ainsi que des certificats de naissance de bébés, déclarés mort-nés et sortis pourtant bien vivants dans des cercueils par la morgue : des évasions clandestines d'enfants

« bloqués », destinés à compléter les convois au départ de Drancy, avaient été mises en place par le personnel et les médecins de cet étrange hôpital, voué à soigner des malades qui devaient impérativement cesser de l'être avant de prendre le chemin de la déportation. Hippocrate, ou la médecine contre la mort.

C'est dans le maquis que Simon devint Kim.

Depuis son départ définitif de Grenoble, il avait cessé de vivre, à chaque instant, dans la peur de l'arrestation et de la torture. Il se demandait simplement s'il allait supporter les conditions de vie qui l'attendaient, très éloignées de tout ce qu'il avait connu : la marche permanente dans ce massif à la déclivité quasi omniprésente, aux sols traîtres, sans compter le vagabondage nocturne dans les bois. Et puis, il s'inquiétait de l'accueil que leur réserveraient les résistants, qui allaient certainement trouver cette initiative d'intellectuels incongrue, voire ridicule. C'était une chose de réunir au Murinais les chefs des mouvements de Résistance, une autre de gagner la confiance de maquisards sur leur terrain.

Le jour de la première tournée de son équipe volante dans le nord du Vercors, le massif leur apparut d'un bloc à travers le brouillard. Il était un vaisseau fantôme de la résistance française, à la fois souverain et abandonné à lui-même. Ce royaume naturel poursuivait à l'évidence une destinée à part. Au fur et à mesure de leur avancée vers Pont-en-Royans, le dédale des Grands Goulets faisait l'effet à Simon d'une serrure à travers laquelle il gagnait un monde et, par là, une libération de l'âme. Passer dans l'illégalité, c'était se libérer de l'Occupation. Rallier une cause commune complétait un sentiment d'affranchissement et de puissance retrouvée. Il avait peur, mais il était déterminé. Londres lui paraissait pourtant loin et il savait peu de choses sur de Gaulle, et encore moins sur ce qui se préparait à Alger.

Le premier contact fut noué avec le responsable d'un camp à Villard. Simon et ses deux compagnons l'attendaient comme prévu derrière une maison solidaire des maquis. Ils virent arriver un type portant des knickers qui leur dit laconiquement : « Bonjour. On y va ? » Et sans une autre parole, celui-ci partit à grandes enjambées vers un sentier et s'enfonça dans la forêt.

Les longs pins formaient un paysage lointain et statique dans le halo brumeux. C'était chasser un rêve éveillé que de suivre cet homme sans aucune idée de l'endroit où ils se rendaient. Le sac à dos bourré de carnets sur Teilhard de Chardin,

Hugo, Aragon, d'extraits de Lénine et de liasses de chansons du folklore français, mêlées à celles des Brigades internationales, Simon entendait le bruit rauque de ses chaussures de montagne glisser sur les racines qui mordaient le sentier. Après un cheminement silencieux, qui sembla interminable, l'homme s'arrêta et se tourna vers eux en leur faisant signe d'arrêter. Il leur montra de la main un poste de garde, camouflé dans les arbres, et siffla un air. Quelqu'un répondit pareillement. L'équipée continua péniblement son chemin sur une crête caillouteuse qui déboucha sur une grande prairie donnant sur l'Isère. Une clairière apparut enfin.

Ce n'était pas un camp de militaires, mais un groupe d'hommes hirsutes qui ressemblaient à des rescapés. Profitant d'une éclaircie, ils faisaient sécher leur linge sur des rochers. Ils s'arrêtèrent net à la vue des garçons du Murinais. Équipés et rasés, Simon et ses compagnons avaient l'air emprunté d'émissaires étrangers dans une enceinte peuplée de jeunes sauvages.

Le jeune homme entra dans la bergerie aux murs en lauzes. Des châlits y étaient dressés. Il y remarqua un certain ordre, sans doute imposé par les sous-officiers qui supervisaient le camp pour le compte de l'armée secrète. Il donna au cuisinier, qui s'affairait sur un foyer extérieur, du jambon et du chocolat, victuailles inestimables quand les repas sont réduits à des soupes de blé et du fromage.

Puis Simon se retrouva sous le faisceau d'une trentaine de paires d'yeux lorsqu'il entreprit de parler du projet de Murinais. Le trio devait assurer à ces hommes qu'ils appartenaient à une grande organisation qui savait où elle allait. Or ils faisaient face à des garçons qui avaient tout perdu, famille, amis, sécurité, confort et avenir. Beaucoup d'entre eux ne reconnaissaient plus le pays pour lequel on leur demandait de se battre. Venus de la France entière, ils avaient affronté d'innombrables difficultés pour rejoindre le maquis dans un territoire surveillé par les occupants et la police vichyste, après avoir cherché sans succès à rallier les Forces françaises libres à Alger. Étudiants, syndicalistes, électriciens, magasiniers et artisans : ils portaient leurs vêtements civils, faute d'uniformes à disposition.

Simon, à peine plus âgé qu'eux, devait asseoir son autorité. Son expérience d'Uriage lui paraissait soudain bien mince. Les types le regardaient avec une méfiance et une timidité curieuses. Qui pouvait bien être ce Parisien bien mis, qui, ayant raconté ses coups de main à Grenoble, allait maintenant leur donner des leçons ? Pour eux, il était un professeur dans une école créée par Vichy, alors qu'eux dormaient et marchaient comme des baudets dans la montagne depuis des mois. Simon sentait leur réticence, voire leur sourde hostilité malgré l'appui du chef de camp, et en même temps, leur envie d'en savoir plus sur ce qui se passait à l'extérieur. Sa confiance en lui-même, par moments, vacillait. Serait-il capable de leur prêcher l'amour et la défense de leur pays, alors qu'un certain nombre d'entre eux n'étaient pas du tout là pour ces mêmes raisons ? Quelques-uns s'étaient engagés très tôt dans la Résistance, bien sûr, mais les autres se planquaient et se plaignaient de cette vie ardue. Il y avait même des recrues qui avaient eu affaire à la justice. Ils savaient que, dans les vallées, les hommes rentraient le soir dans leur famille, et considéraient les maquisards comme des marginaux ou des fous.

Heureusement, Mirouze et Lemoine étaient de fortes personnalités, chaleureuses et drôles, qui avaient l'art de briser la glace, d'enseigner le combat, et d'animer les longues soirées par d'innombrables rengaines, du *Temps des cerises* à des chansons de salle de garde, accompagnées d'un peu de liqueur de cerise. Simon, rapidement surnommé « l'intellectuel », avait le talent d'expliquer les problèmes : pourquoi ils en étaient tous là, comment le conflit pourrait évoluer, quel rôle jouait la

Résistance, et comment la France allait tourner après la guerre – ce qui finit par lui procurer une vraie aura. Comme les responsables des maquis, Simon, Mirouze et Lemoine devaient aussi éviter que ces groupes de réfractaires ne se transforment en bandes de pilleurs et pénètrent par effraction dans les fermes alentour. Surtout, il fallait, et rapidement, améliorer le matériel d'instruction, approfondir leurs connaissances techniques en matière de sabotage, et compléter d'urgence le stock d'armes et d'explosifs...

Le général Delestraint, envoyé par Londres pour évaluer l'ensemble de la situation du plateau du Vercors, espérait que le patriotisme serait un ciment suffisant pour solidariser les mouvements de Résistance, qu'ils soient communistes, de droite ou d'extrême droite. Il régnait un désordre délétère dans les maquis en raison de leurs rivalités politiques. Delestraint leur recommanda surtout de ne pas se découvrir avant le moment de la Libération. Mais l'unité espérée se faisait attendre. Les divisions accroissaient le risque d'interventions intempestives et périlleuses. Les organisations militaires voulaient prendre le pas sur les civils. Les civils suspectaient les militaires de vichysme ou de giraudisme. Les militaires les tenaient pour des anarchistes ou des communistes...

L'atmosphère à Paris, au printemps 1943, virait subrepticement. On évoquait désormais à mots couverts un débarquement. Les collaborateurs se faisaient moins voir, moins entendre. On apercevait de plus en plus, dans les rues et dans les cafés, des soldats allemands en convalescence, des hommes au visage prématurément vieilli, leur vareuse couverte de décorations. La défaite de Stalingrad se déclinait dans leur regard. Même le rouge sang des fanions nazis sur les monuments parisiens semblait passer. L'attentisme continuait à régner et les mondanités ne suffirent plus à pallier l'ennui de cette existence sous contrainte. Les Parisiens étaient accoutumés à la pénurie de produits élémentaires, mais terrifiés, avant toute chose, à l'idée de se faire voler leur bicyclette. L'Occupation avait réussi le tour de force de les enfermer en eux-mêmes.

Marie-Pierre assista à une représentation de *Fidelio* à l'opéra avec Armand et des amis.

Beaucoup d'Allemands, hommes et femmes, étaient présents à cette représentation ponctuée d'alertes, qui se précipitaient celles-ci passées pour retrouver leur fauteuil. Une autre pièce se jouait pendant l'entracte : les civils hagards, mal lavés, mal habillés, se retrouvaient dans une pagaille d'uniformes ceinturés, sous la magnificence des plafonds et des lustres du palais Garnier.

Les collections de couture et les courses de chevaux tournaient comme un défilé opiniâtre. Le mécanicien de ce manège continuait à opérer car il fallait toujours paraître et jouer la meilleure combinaison. En avril, pourtant, des raids aériens sur Boulogne-Billancourt, la porte de Saint-Cloud et les champs de courses de Longchamp firent sept cents blessés et trois cent vingt morts.

Désormais, les habitants du 36 connaissaient le bruit des sirènes. Chaque nuit, ils dégringolaient le grand escalier pour se réfugier dans les caves du cours Albert-Ier. Marie-Pierre emportait, l'un après l'autre, les volumes de *La Recherche* dans la Pléiade pour les lire à la bougie. La rumeur disait que les Américains allaient renoncer aux bombardements. Mais les jours suivants, les alertes succédèrent aux alertes. Au moindre signal, ils devaient redescendre dans les caves. Au bout de quelques semaines de ce rythme incessant, six à huit allers-retours par jour, plus personne n'y prêta attention.

En dépit des risques de pilonnage, la vie se poursuivait. May continuait de nourrir l'espoir d'une rencontre de sa fille aînée avec un jeune homme de leur milieu. Le week-end, après la messe de huit heures, Marie-Pierre montait son cheval à l'Étrier. Elle amenait Quadrantal au pas devant l'obstacle, puis sautait, les rênes presque longues. Plus la tenue de vos rênes sera légère, plus votre cheval sera facile à reprendre par la suite, lui recommanda le maître de manège.

Plus tard, elle retrouvait son amie, Irène de Beaumont, chez le coiffeur. Comme il n'y avait plus d'électricité, elles repartaient toutes les deux la tête mouillée, embobinées dans des foulards. Marie-Pierre était régulièrement invitée par des jeunes gens dans un club chic et commençait à sortir tous les soirs, encouragée par May. Mais, malgré tout, cette bande d'héritiers la révulsait par sa légèreté et par son cynisme.

***

Au même moment, à la Thébaïde, Simon entendit parler du grand projet concernant le Vercors. Celui-ci visait à transformer le massif en une base armée et aéroportée pour accompagner un débarquement des troupes alliées en Provence. La plaine de Vassieux, aménagée en piste, pourrait servir de terrain d'aviation. Depuis des mois, les chefs de la Résistance locale tentaient de convaincre Londres et Alger de leur parachuter des armes et des munitions. Mais ils se heurtaient à l'indifférence due à l'égard de ces maquis par rapport à leurs objectifs centraux et surtout à la crainte d'armer des milices civiles. Ils étaient, de plus, pris en otage dans les rivalités entre courants politiques du gouvernement provisoire à Londres.

Ce projet avait pourtant reçu l'aval du général de Gaulle, dont Simon vit pour la première fois le visage, longiligne et grave, grâce à une photo apposée sur la porte d'une bergerie en pleine montagne. Au-dessous, la mention : « De Gaulle, condamné à mort ».

Ils faisaient maintenant face à une réalité infiniment plus cruelle que les luttes de pouvoir intestines. Le Vercors affrontait une opération de répression menée par les Français eux-mêmes : la police de Vichy, les miliciens et les Groupes mobiles de réserve. Les maquisards décidèrent de les défier et tentèrent des coups de main de plus en plus audacieux. De très nombreux résistants furent, en représailles, torturés ou fusillés par l'*Opera Volontaria di Repressione Antifascita*, la police politique créée en 1928 par Mussolini.

Au même moment, en juin, la filière de Résistance du Vercors remontant jusqu'à Jean Moulin, le représentant du général de Gaulle, était décimée à la suite d'une série de dénonciations. L'appui le plus expérimenté du Vercors, le général Delestraint, était arrêté, puis déporté à Dachau. Après quoi, les chefs de la Résistance locale apprirent que Jean Moulin était mort des suites de tortures atroces lors de son transfert en Allemagne. Le Vercors perdait ses connexions vitales et ses appuis les mieux informés auprès du général de Gaulle. Il fallait encore identifier et convaincre de nouveaux interlocuteurs dans un univers où tout était cloisonné, et où personne ne savait qui était qui, et qui faisait quoi. Seul le télégramme faisait loi, si l'on parvenait à le déchiffrer.

Simon participa au premier regroupement des chefs de la Résistance et des maquis, organisé en août dans l'immense plaine de Darbounouse, aux airs de toundra balayée par les vents, qui devait permettre enfin une forme de coalition des mouvements de Résistance. Le point de rendez-vous était un puits qui alimentait les troupeaux de moutons l'été. Il vit arriver peu à peu, en ordre dispersé, des civils en pantalon de gros drap, casquette et veste en velours, et des militaires en knickers et béret de chasseur alpin. Ils se rassemblèrent et énoncèrent leur nom et leur organisation à tour de rôle. L'un d'entre eux tranchait par sa carrure athlétique, sa chemise kaki et le carnet qui gonflait sa poche. C'était un homme aux yeux bleus incroyablement clairs, au front taurin, et qui ne semblait appartenir qu'à lui-même. Il se présenta à son tour. Son nom était Goderville.

Tous cherchaient, dans le chaos général, à convaincre les Alliés de larguer des armes lourdes. Mais l'aire d'atterrissage projetée dans la plaine de Vassieux était considérée par les Anglais comme trop dangereuse pour faire atterrir ses avions. Un Dakota s'était écrasé peu avant dans le Vercors, entraînant la mort de tout l'équipage, composé pour l'essentiel d'hommes âgés de vingt ans.

Quand Colette Mosnier, fausse réfugiée de Lorient et vraie interne, prit son service un matin de février 1943, elle tomba sur une infirmière qui venait de recevoir des appels paniqués des surveillants de l'orphelinat contigu à l'hôpital Rothschild. Des jeunes y faisaient des crises de nerfs et un médecin était requis de toute urgence. L'interne courut vers le bâtiment, au coin de la rue ; celui-ci recueillait une centaine d'enfants, dont la plupart des parents avaient été déportés.

À sa surprise, un fourgon de police était garé devant. Quand elle entra, tout l'orphelinat résonnait de hurlements, de longs cris de terreur. À quelques mètres d'elle, un gamin, pieds nus, disparaissait telle une ombre dans l'escalier. Un policier, le képi en arrière découvrant son front en sueur, tentait de le poursuivre avec ses lourdes chaussures cloutées. Les murs tremblaient de la précipitation des gosses qui couraient dans tous les sens et tentaient d'échapper à la police, en se dissimulant derrière les portes, dans les armoires, sous les lits du grand dortoir dont les draps avaient été jetés au sol. Les surveillants étaient hagards, tétanisés devant ces hommes dont le chef tenait une liste qu'il biffait, nom après nom, le visage fermé, l'air intraitable. Tenus à distance comme des malfrats, un groupe d'enfants en pyjama, alignés le long d'un mur, sanglotaient et appelaient leurs parents sous la menace d'un fusil-mitrailleur.

À la cave, des petits s'étaient réfugiés au beau milieu de meubles et de cartons. Ils se cachaient et se débattaient, alors que les policiers, bridés dans leurs sangles d'uniforme, leurs armes se heurtant aux murs, finirent par les saisir, l'un après l'autre. Le chef des policiers comptait et recomptait. Il manquait encore un enfant. La fouille ne donnait rien et les caves apparaissaient vides de présence humaine. Il soupira et finit, excédé, par donner l'ordre d'expédier les enfants juifs à Drancy par le fourgon.

Le camion parti, Colette revint sur le lieu dévasté. Les surveillants et le directeur pleuraient tous ensemble. Les affaires des petits, leurs jouets, leur linge et leurs photos avaient été disséminés.

Sous un drap du dortoir, une petite fille semblait s'être laissée mourir dans ce morbide cache-cache.

Une petite voix, pourtant, finit par se faire entendre : elle avait survécu à la rafle.

Le lendemain de l'armistice signé par les Italiens avec les Alliés en septembre 1943, les Allemands occupèrent Grenoble. La Gestapo succédait à la police politique italienne et, aidée de la Milice, adopta des moyens de répression encore bien supérieurs à ceux employés auparavant. La plupart des chefs de la Résistance locale furent, en quelques semaines, arrêtés, torturés et assassinés.

Peu à peu, Simon se rendit compte qu'il avait plus d'amis morts que vivants. Il découvrait que ce qui importait était le moule – façonné autant de passé que de présent – par lequel renaissaient dans chaque homme les valeurs auxquelles avaient cru ceux qui se sacrifiaient. Un moule qui n'était pas fait que d'écrits et de monuments, mais aussi, et surtout, de la manière quotidienne d'être les uns avec les autres ; d'une façon commune, au-delà des différences, de considérer la nourriture, les femmes, les enfants, la camaraderie ; des critères pour distinguer un type bien d'un salaud.

Chacun attendait maintenant des parachutages d'armes et de munitions. On ne trouvait que des fusils, des pistolets et des revolvers dans les maquis. Les équipes volantes enseignaient aux jeunes comment les démonter et les remonter le plus rapidement possible, les yeux fermés.

Simon avait changé. Aguerri, mûri, il se sentait enfin heureux, sans argent et sans besoins à satisfaire d'autres que de manger et d'avoir chaud. Sa pipe restait sa seule attache avec le monde de la propriété privée. Il avait le sentiment d'appartenir à la terre du Vercors depuis qu'il la défendait, les armes à la main. Chaque camp était une planque où il se refaisait entre deux missions. Toute ferme était un foyer. Il faisait l'amour avec des filles qui accomplissaient les mêmes tâches que lui. Elles prenaient à cette liberté autant de plaisir que les garçons. Ils arpentaient les sentiers de montagne en bande fraternelle, marchant le long des crêtes dans le désordre des blocs et le chaos des résineux. Les escarpements étaient vertigineux, les balcons aériens, les pas précis. Ce monde était taillé dans un roc dont ils devenaient tous la matière.

Le jeune homme avait appris à aimer la forêt dévorante, ses effluves et ceux de la terre. La nuit, il découvrait les rituels occultes du gibier qui n'était plus chassé. Biches, chamois et sangliers recherchaient compulsivement des racines dans la terre. Malgré les marches incessantes et les portages, Simon était soulagé d'itinérer de maquis en maquis, admiratif de ceux qui acceptaient de vivre en camp et se soumettre à une telle discipline. Des promontoires, de part et d'autre du massif, il contemplait les vallons aux plaines veinées de routes. La vie civile lui semblait à portée de main et, pourtant, résolument interdite.

Chaque fois, c'était le même scénario. Simon, Mirouze et Lemoine établissaient des contacts humains et des rapports de confiance. Dans les fermes et les bergeries, ils invitaient les maquisards à s'asseoir en cercle dans une clairière, autour d'un feu. Les jeunes combattants écoutaient et prenaient des notes sur des carnets.

J'écris dans ce pays tandis que la police
À toute heure de nuit entre dans les maisons
Que les inquisiteurs enfonçant leurs éclisses
Dans les membres brisés guettent les trahisons

J'écris dans ce pays qui souffre mille morts
Qui montre à tous les yeux ses blessures [pourprées
Et la meute sur lui grouillante qui le mord
Et les valets sonnant dans le cor la curée

Leur visage engourdi par le froid nocturne, enveloppés dans leurs couvertures, ils écoutaient les paroles de Michelet, Hugo, Saint-Just, Apollinaire et Aragon.

Je vous salue ma France aux yeux de tourterelle
Jamais trop mon tourment mon amour jamais [trop
Ma France mon ancienne et nouvelle querelle
Sol semé de héros ciel plein de passereaux

Je vous salue ma France où les vents se [calmèrent
Ma France de toujours que la géographie
Ouvre comme une paume aux souffles de la mer
Pour que l'oiseau du large y vienne et se confie

Je vous salue ma France où l'oiseau de passage
De Lille à Roncevaux de Brest au Mont-Cenis
Pour la première fois a fait l'apprentissage
De ce qu'il peut coûter d'abandonner un nid

Patrie également à la colombe ou l'aigle
De l'audace et du chant doublement habitée
Je vous salue ma France où les blés et les seigles
Mûrissent au soleil de la diversité

Un silence recueilli suivait ces lectures, comme s'il fallait préserver ce lien créé par les mots face à la peur, l'isolement et l'indifférence. La poésie criait plus fort que la guerre. Les poètes se portaient au secours des hommes pour les faire espérer et vaincre.

Pierre devint le treizième duc de Brissac le 18 février 1944 à la mort de son père, François, un saint-cyrien né sous le Second Empire. Marie-Pierre et son frère avaient interdiction de lui parler avant que celui-ci ne leur adresse la parole. Ils le saluaient avec autant de solennité qu'à la cour de Versailles.

Bien que le cadet, Bobby, était voué à hériter du titre, des terres et du château en vertu de la loi salique, la valeur nobiliaire de la jeune femme, en tant qu'héritière putative et fille de duc s'était – pour son malheur – encore accrue sur le marché des beaux partis. À dix-neuf ans, la question de son mariage apparaissait plus que jamais cruciale aux yeux de ses parents. L'Occupation avait coïncidé avec un rétrécissement de leurs intérêts sur des affaires privées. Si leur fille aînée n'était pas bien mariée – elle, l'un des plus beaux partis de France –, que faire ? Un échec, si ostentatoire. La faillite d'une éducation… Leur échec, en somme.

Reléguée dans son exil intime, Marie-Pierre était convaincue que sa seule chance d'échapper à cette entreprise était le savoir.

Pas le moins du monde troublé par les événements historiques qui prenaient place sous ses yeux, son père lui expliqua, au cours d'un déjeuner, qu'il n'y avait que trois partis possibles pour elle ; l'idéal étant Rainier de Monaco. Il avait d'ailleurs organisé une rencontre avec le jeune prince. La famille Grimaldi était d'accord sur le principe. Marie-Pierre était consternée, affolée à la perspective de ne pouvoir faire d'études à cause d'un mariage motivé par des intérêts mondains. Dans la salle à manger étaient suspendues des tapisseries où figuraient des tigres, combattant dans une savane pittoresque peuplée de singes et de perroquets. Sa mère et elle se regardaient en silence. Leur incompréhension mutuelle était béante. Au café, devant sa mine angoissée, May laissa échapper un soupir excédé et susurra : « Mariez-vous ; vous pourrez ensuite prendre tous les amants que vous voudrez. » Pierre, sa cigarette à l'index, se redressa brusquement sur sa chaise. Son rire était un cri. Ils vivaient dans cette double règle, celle d'une obédience stricte aux règles de l'Église et une deuxième, sous-jacente, exigeant de ne jamais les appliquer.

May rentrait tout juste d'un séjour au château d'Apremont où elle avait emmené Paul, dans son gazogène, jusqu'au grand étang de la Planche Chevrier. Tom Pa y avait fait construire des chaussées empierrées et une jetée. Là où il n'y avait qu'un terre-plein s'élevait à présent une ravissante maison faite de poutres et de pierres extraites dans les villages voisins – colombages, grande cheminée et vieux toits. Paul fit son apprentissage de la pêche au brochet avec May dans la barque ; d'une patience angélique, celle-ci débrouilla le fil pris dans le moulinet.

Il n'y avait plus d'eau dans l'Allier. Les tours du château démeublé étaient de plus en plus gothiques, le vieux maître d'hôtel en gants blancs restait à son poste malgré le pillage par les occupants allemands... Tout cela semblait être une immense coquille vide, un rêve de civilisation disparue. Dans la forêt, autour des barbelés abandonnés là où passait cet hiver encore la ligne de démarcation, régnait du gibier pullulant. Ils avaient décidé, avant qu'il ne soit trop tard, et « si la guerre ne finissait pas par une fosse de Katyn », de venir vivre ensemble à la campagne.

May ne comprenait rien aux vœux de sa fille, n'ayant jamais étudié, ni eu d'incitation ou d'inclination à poursuivre des études. La question ne s'était pas posée à la jeune fille qu'elle avait été, élevée au Creusot telle une princesse, escortée par des gardes armés lorsqu'elle sortait du château de la Verrerie, et qui s'était mariée à l'âge de vingt ans au terme d'un arrangement discuté par ses parents. Comment dialoguer avec cette génération qui avait joui de privilèges exorbitants au nom de faits d'armes d'ancêtres illustres, sans jamais avoir rien fait pour les mériter ? Aucune idée d'émancipation ne traversait l'esprit de May, qui admirait pourtant l'avant-garde de sa génération. Elle s'était liée d'amitié avec l'aventurière Ella Maillart, dont elle aidait à financer les expéditions, admirait la modernité de Coco Chanel qui inspirait le style de sa garde-robe, jalousait le talent subversif de Marie-Laure de Noailles.

Marie-Pierre fut donc invitée à un déjeuner, organisé par des amis de la famille, afin d'être présentée au prince Rainier. Tout en doutant de l'intérêt porté par ce séducteur légendaire à une jeune femme passionnée de philosophie, l'héritière s'inquiétait tout de même de l'issue de cette rencontre improbable. Les étoiles pourraient se liguer contre elle dans un jeu de go crépusculaire. Les dés de l'existence suivaient parfois des trajectoires imprévisibles. Elle décida donc de saborder l'échange. Le jour venu, elle arriva à vélo, les cheveux en tempête d'équinoxe, habillée d'une tenue de mécanicien, empruntée subrepticement au gardien lorsqu'il effectuait ses réparations au garage, au moment même où le prince descendait de sa Rolls, conduite par un chauffeur... Vêtu d'un complet crème, la moustache peignée, l'œil frisé, il passa devant elle sans même l'apercevoir et sonna à la porte de la maison des Rueff dans une impasse pleine de charme de la rue de Varenne, longeant le jardin de l'hôtel Matignon.

Mme Rueff lui ouvrit, sourit au prince, puis découvrit la jeune femme en arrière-plan. Elle la dévisagea avec effarement, et finit par balbutier :

« Bonjour, chère Marie-Pierre, quelle joie de vous accueillir. Mais, mais... êtes-vous certaine de ne pas vous être trompée de jour ? N'étions-nous pas convenues d'un déjeuner, me semble-t-il... ?

– Mais si, bien évidemment », lui répondit la jeune femme d'une voix de stentor qui fit planer un doute sur son équilibre mental et sur sa sobriété.

Jacques Rueff l'accueillit avec gentillesse et leva les yeux au ciel en la regardant. Connaissant les desseins de ses parents et le peu d'entrain de leur fille à les satisfaire, il entreprit de sauver les apparences. Après les avoir présentés l'un à l'autre (« Marie-Pierre est une remarquable cavalière », « Marie-Pierre est très pieuse et assiste à la messe tous les matins », « Marie-Pierre est anticonventionnelle, voyez-vous, elle aime les lettres et souhaite étudier à la Sorbonne »), il conversa avec le prince dans un aparté avant de passer à table. Les hommes discutèrent de l'économie française, à genoux face aux ponctions allemandes, et de la situation de la Principauté. Dans une tentative diplomatique désespérée, Mme Rueff profita d'un moment d'inattention pour prendre le visage de la jeune fille entre ses mains : « Marie-Pierre, vous n'êtes pas raisonnable, vos parents font tout pour vous, cette rencontre a été organisée dans votre intérêt et à leur demande. »

Le déjeuner oscilla entre courtoisie extrême et stupéfaction indicible, l'une stimulant l'autre. Sans la moindre gêne, Marie-Pierre adopta les pires manières à table – il était si simple de faire l'inverse de tout ce qu'on lui avait enseigné –, tenant sa fourchette comme un tison, sauçant allègrement son assiette de potage avec un morceau de pain, lâchant un juron en faisant tomber sa serviette, piquant négligemment des légumes à même les plats servis par le maître d'hôtel scandalisé, interrogeant Rainier sur Schopenhauer, dont il n'avait jamais entendu parler. Intrigué par un comportement aussi rebelle, qui le changeait des sempiternelles manœuvres des candidates au mariage princier, il lui posa quelques questions sur ses ambitions en matière de saut d'obstacles. Elle dut confesser, contrite, que son cheval ne cessait de la faire tomber, ce qui le fit sourire au moins une fois lors de ce déjeuner que l'hypocrisie commandait de poursuivre jusqu'à son issue. Le coup de grâce prit place au dessert, lorsque l'on servit une bombe glacée, la bien nommée. L'air illuminé, christique, Marie-Pierre ferma les yeux quelques secondes les mains levées au-dessus du dessert et annonça avoir été touchée par la grâce. Tout le monde fit bonne figure et comprit qu'elle préférerait encore rejoindre les ordres plutôt que devenir princesse de Monaco. Les Rueff se dépêchèrent de la saluer et la libérer, soulagés d'en avoir fini avec ce supplice.

La canaille pédalait, quant à elle, dans la rue de Varenne, riant et chantant à tue-tête, filant par les Invalides vers le 36, subodorant et désirant tout à la fois la fantastique tempête parentale qui allait s'abattre sur elle.

C'était sans compter les lois du désir qui déjouent tous les calculs. L'après-midi même, Marie-Pierre reçut un bouquet de pivoines, rond comme le globe, accompagné de ces mots : « Je fus charmé de découvrir cette cavalière impétueuse qui joue de sa séduction comme au poker et chute avec la grâce de la vraie beauté. Rainier de Monaco. » Démasquée et furieuse, elle jeta le bouquet à la poubelle.

Philippe d'Édimbourg fut également pressenti, mais la crainte d'un nouvel impair prévint l'organisation d'une seconde « présentation ».

Quelques mois plus tard, Jean d'Ormesson, tout juste admis à Normale Sup après être passé du 124e rang au 3e grâce à un oral sans précédent, fit son apparition sur la scène du 36. Il était une légende dans un univers qui mêlait châteaux, usages et langage codé que seuls comprenaient ses héritiers. Un candidat idéal ; hélas désargenté, mais on n'en était plus là. Atypique, cultivé, subtil, il invita Marie-Pierre à dîner en tête-à-tête – une première pour elle, à presque vingt ans. Ses parents retenaient leur souffle.

Marie-Pierre vit arriver un jeune homme aux yeux de glacier, à l'humour et au charme surnaturels. Le champagne fut servi dans le grand salon. Elle joua un air de guitare. Ses nattes, qui encadraient délicatement ses seins, firent leur effet. Les fulgurances lettrées de Jean allaient et venaient. Il était très spirituel, d'un savoir paramétré qui mettait toutes voiles dehors pour l'impressionner. Elle soupçonna, cependant, un art bien rodé de se mettre en scène. La jeune femme rêvait d'un homme original, énigmatique, insaisissable. Enfin, Jean ne lui plaisait pas physiquement, ce qui était en soi insurmontable. En rentrant de leur soirée à Montmartre, au pied du grand escalier du 36, il lui demanda sa main, dans un élan qui ne brillait pas par la sincérité, ce qu'elle déclina dans l'instant. Déçu, mais bon joueur, il se tourna alors vers elle et lança une réplique de théâtre qu'il avait dû répéter maintes fois : « Eh bien, si c'est comme cela, désormais, je les aurai toutes ! » De fait, Marie-Pierre ne serait ni la première ni la dernière.

L'héritière ne souhaitait donc épouser personne. Elle poursuivait néanmoins, souterrainement, une éducation torride avec Salacrou qui caressait sans relâche le relief de son corps, éveillant un désir lancinant, tout en veillant à ne pas mettre en péril sa condition, aussi évanescente que celle d'un papillon. Sous les yeux de ses parents, que l'obscénité du comportement rendait paradoxalement aveugles à celui des autres, Marie-Pierre allait se promener avec lui sur les quais afin de discuter de ses projets d'étude, ce qui leur permettait de s'embrasser aussi lascivement que les péniches prenaient le temps de descendre la Seine. Le temps printanier aimantait, sur les bords du fleuve, les amoureux qui fuyaient la promiscuité de leurs familles et prenaient le bon air avec de moins en moins de pudeur. Des Parisiens avaient sorti des barques, et même des canoës, qui dérivaient du pont Alexandre-III vers le pont d'Iéna, au mépris de la police fluviale. Les Allemands avaient d'autres chats à fouetter. Sous le soleil de Paris et à l'approche du débarquement, on basculait dans un laisser-aller général.

La question qui devait maintenant être résolue était celle de ses études. Pierre et May interdisaient à leur fille d'aller à l'université, qu'ils considéraient comme un lieu de perdition. Ils opposèrent également une fin de non-recevoir à la philosophie et écartèrent d'office les matières scientifiques. Ils pensaient qu'elles feraient fuir les grands partis qui appréciaient, selon eux, les femmes peu instruites, sauf au point de croix, et évitaient les femmes diplômées, nécessairement des bas-bleus hystériques. Leur choix porta sur une classe de culture générale et religieuse à Sainte-Marie de Neuilly, dont l'enseignement le plus connu était le cours du père Daniélou.

Le jour était à peine levé lorsqu'un vacarme de camions et de voitures se fit entendre dans le village de Murinais. Devant l'église, des rugissements de moteur annonçaient les lourds véhicules qui prenaient leur élan dans le virage contournant le cimetière, où reposaient les nonnes de l'ancien couvent, alignées une à une dans une section distincte selon l'usage monial. Un gamin du village fila prévenir le gardien du château, qui officiait à l'arrière de la propriété surplombant Murinais. L'homme remonta en courant le parc et se précipita devant Mme Saint-Rémy :

« Madame, la Milice, la Gestapo ! Ils sont là !

– Prévenez Gilbert ! » eut à peine le temps de répondre la propriétaire du château.

La Gestapo et la milice vichyste étaient déjà face au portail ouvert, à cent cinquante mètres du château. Ils entrèrent en trombe dans l'allée centrale. Mme Saint-Rémy et son fils furent arrêtés sur-le-champ, ainsi que la cuisinière et le gardien.

Par une chance inespérée, la plupart des membres du Murinais étaient à Grenoble pour former de nouvelles équipes. Le seul compagnon présent était Gilbert Gadoffre, qui courut se réfugier au grenier avec son arme.

Du grenier, il entendit les Allemands fouiller les pièces l'une après l'autre, puis sentit rapidement une odeur de brûlé : ils mettaient le feu au bâtiment. Lorsque la chaleur devint insupportable, il bondit sur le palier du dernier étage, et se retrouva devant deux soldats allemands, qu'il exécuta avec son revolver. Puis il ouvrit la fenêtre et dégringola la façade, émaillée de prises de main et de pied grâce à son architecture alambiquée, et tomba dans l'herbe avant de prendre ses jambes à son cou à travers le parc.

À l'annonce de l'incendie du château du Murinais, Simon sut que le groupe qu'il avait rejoint ferait désormais l'objet d'une chasse à l'homme sans merci, une vendetta à laquelle seules les hauteurs du Vercors leur permettraient d'échapper. Les paroles de Segonzac prenaient maintenant tout leur sens. Il suivit l'équipe rescapée de Joffre Dumazedier dans un monastère, celui d'Esparron, un ancien lieu d'hébergement de chantier de la jeunesse qui était le siège du maquis de « Grange ». Segonzac partit rejoindre un autre maquis, en Provence. Simon n'eut pas même eu le temps de lui faire ses adieux. En pleine guerre, il n'y avait pas d'autre choix que de suivre sa destinée en priant pour celle des autres.

Le jeune conférencier cherchait des outils et des méthodes qui serviraient à asseoir une démocratie plus vaste au sein de la société, et qui résisteraient aux appels des sirènes populistes. Il y avait un sens politique à donner à l'action des maquisards, mais aussi à la communauté qui gravitait autour d'eux. Simon en discutait avec Joffre Dumazedier :

« Les maquisards veulent chasser les Allemands, mais ils veulent aussi autre chose, dit-il.

– Ils veulent une démocratie sociale, répondit son ami, qui supervisait la pédagogie des équipes volantes. »

Celui-ci avait mis au point une méthode d'apprentissage du travail intellectuel s'inspirant de l'efficacité de l'entraînement sportif.

« Oui, une démocratie et un État plus proches des citoyens. Il faut apprendre à les écouter. Nous devons ouvrir des débats et transformer les maquis en comités de citoyens. »

Simon suivit ce projet et mit au point un système de conférences participatives qui permettrait aux Français de toutes origines d'exprimer leurs idées concernant la France d'après-guerre. C'était un jaillissement d'idées et de souhaits, inédit depuis 1789. Le projet était de faire entendre enfin leur voix au Conseil national de la Résistance qui préparait son programme à Paris.

Hélas, quelques semaines plus tard, le monastère d'Esparron était attaqué à son tour par les Allemands, puis incendié. Simon se retrancha dans les camps du maquis, qu'il avait côtoyés depuis un an. La lutte pour obtenir des armes était désormais une question de survie. Londres et Alger informèrent à nouveau que, sans aménagement préalable, leurs avions ne seraient pas en mesure d'atterrir sur le plateau de Vassieux. Les arrivages largués dans les plaines provoquaient chaque fois la déception, car ils ne contenaient ni mortier ni mitrailleuses lourdes. Malgré toutes les peines que l'on avait à récupérer le matériel en pleine nuit, le préparer, le porter et le distribuer aux différents camps, les Français restaient profondément vulnérables face aux Allemands.

May était entrée un samedi dans la chambre de sa fille, une lueur énigmatique dans le regard; Marie-Pierre fut surprise de cette irruption. L'usage voulait que Bobby et elle rendent visite à leur mère dans sa chambre, et, plus précisément, dans son boudoir qui donnait sur la cour du 36. Pour la voir, ils toquaient doucement à la porte de leur impératrice. Leurs coups avaient fini par laisser une empreinte discrète sur la peinture grise.

Chacune des matinées de May était consacrée à la représentation de la femme sublime qu'ils admiraient autant qu'ils la craignaient. Elle passait un temps infini dans cet écrin de féminité. Lorsqu'ils entendaient sa voix cristalline lancer un « Entrez ! », sur le ton d'une sommation, ils pénétraient à pas feutrés dans un bazar renfermant coffrets à bijoux, rangs de perles de tailles diverses, boîtes à montres, brosses à cheveux en ivoire, pots de poudre – sans compter une houppe en duvet d'autruche qui chauffait la peau – postiches suspendus, cadres en velours, photos dentelées, objets de curiosité et, accrochés aux murs, croquis de mode représentant sa silhouette aérienne dessinée par Christian Bérard, encadrés par des aquarelles de Raoul Dufy. Des pots de fond de teint étaient alignés le long d'une coiffeuse devant laquelle May se tenait assise. Madame la Duchesse était « à sa figure », comme la décrivait sa femme de chambre, un garde-chiourme au visage diaphane, cerné d'un col en dentelle qui ressemblait à du papier bible.

Pourtant, c'était devant la porte de la chambre de Marie-Pierre que May se tenait aujourd'hui. Un livre épais entre les mains, elle en tapotait la reliure, comme pour indiquer son importance – ou bien était-ce nerveux ? –, jouant de ses doigts frêles, d'un rouge volcanique. C'était le manifeste du chancelier allemand.

« Vous devriez lire cet ouvrage, Marie-Pierre, vous qui aimez étudier. Il vous expliquera beaucoup des problèmes auxquels nous sommes confrontés.

– Merci beaucoup, Maman, je tâcherai de le lire rapidement », dit Marie-Pierre prudemment, interloquée par ce choix qui semblait désespéré, compte tenu du tour que prenaient les événements, et stupéfaite de l'insistance avec laquelle sa mère souhaitait lui transmettre ses opinions politiques. Elle lui avait déjà enjoint de lire *Les Décombres* de Lucien Rebatet, qui exhortait ses lecteurs à avoir une pensée fraternelle pour les soldats de la Wehrmacht, les héros finlandais, les magnifiques troupiers roumains aux prises avec le monstre rouge et les glaces d'un hiver inhumain ! Sa mère allait-elle rejoindre le dernier cercle des damnés de Vichy ?

Le maréchal Pétain s'était risqué à prononcer, une semaine auparavant, place de l'Hôtel-de-ville, un discours à Paris devant une foule dilatée d'espoir, suivi des acclamations des Parisiens massés rue de Rivoli. Au printemps 1944, la France oscillait encore... May annonça avec fierté à sa fille qu'elle avait rendu deux visites consécutives au maréchal dans les environs de Paris, accompagnée de Josée. L'ancien vainqueur de Verdun projetait de s'installer au château de Voisins, chez les Fels, tandis que Pierre Laval avait décidé de rester à Vichy, à une demi-heure en voiture de son château de Châteldon.

May et Paul avaient dû se faire leurs adieux, Paul ayant été nommé ambassadeur en Roumanie par Vichy. Elle pleurait dur, pour une fois. Cette séparation, en plein conflit, la renvoyait à la petite fille abandonnée qu'elle avait dû être. Seul Paul avait ce pouvoir de lui faire fendre l'armure.

« Si je meurs, ne perdez pas le contact avec Pierre, voyez ma mère, invitez Bobby. »

Paul tenta de la consoler en lui disant que l'étranger lui avait toujours réussi. Ils s'étaient promis qu'ils jouiraient de leurs dernières « bonnes » années, une fois le danger passé, promis de voyager, d'avoir des chevaux, de profiter d'Apremont…

Paul ajouta :

« Il sera difficile et dangereux de vivre ; il va falloir être très prudent, très rusé, très planqué. Nous examinerons toutes les hypothèses, les pires surtout, nous nous donnerons des rendez-vous éventuels en Suisse ou au Canada, suivant les circonstances, les Allemands quittant la France, ou se retirant derrière le Danube, les Russes avançant jusqu'à Venise, etc. »

Marie-Pierre était perdue dans ses réflexions sur la nouvelle chronologie politique, lorsque May s'approcha sans crier gare du secrétaire qui lui servait de bureau, et entreprit d'en ouvrir un à un les tiroirs. Sa fille n'avait pas eu la présence d'esprit de cacher quoi que ce soit. Elle n'eut pas non plus l'idée de s'interposer, c'eût été impossible. May sortit une grosse liasse de lettres et l'examina en silence. Marie-Pierre était pétrifiée. Il y avait là toute sa correspondance avec Armand Salacrou, un des nombreux amants d'occasion de sa mère, et le sien pour l'heure.

« Maman, il s'agit d'échanges avec votre ami Armand qui a la gentillesse de me donner son avis sur mes orientations... », émit-elle d'une voix étranglée.

Le visage aussi crispé que celui d'une momie, May verrouilla la porte de la chambre, s'assit sur le fauteuil de bureau et ouvrit précautionneusement la liasse volumineuse ficelée par une cordelette. Elle feuilleta quelques lettres, puis lut lentement, comme hypnotisée, des passages que Marie-Pierre priait mentalement de disparaître grâce à quelque encre sympathique envoyée par la Providence. Les yeux de May s'agrandirent, puis rapetissèrent, clignèrent et, enfin, donnèrent l'impression de chuter dans un abîme. Des feuillets virevoltèrent et tombèrent au pied de ses escarpins à lacets.

May contempla sa fille, effarée, quasi respectueusement, et l'interrogea d'un ton craintif.

« C'est bien vous qui avez écrit... ?

– Oui, Maman...

– Vous n'avez pas... ?

– Si. »

Un sifflement, terminant en râle, sortit de son buste, drapé d'un chemisier en soie rose, orné d'un nœud à lavallière.

Marie-Pierre la contemplait, figée, les joues cramoisies, ne pouvant imaginer les conséquences de cette révélation. L'hôtel du 36 allait-il s'effondrer d'un bloc ? Sa mère allait-elle faire l'expérience d'une crise de nerfs qui mettrait fin à sa froideur létale ? Armand allait-il nier toute collusion charnelle ? Serait-elle bannie et envoyée sur-le-champ dans une forme contemporaine de couvent ?

Il n'en fut rien. May se leva de la chaise, chancela, puis se rattrapa au dossier, la liasse toujours dans les mains. Saisie par l'incrédulité et l'impuissance, Marie-Pierre ne bougeait pas d'un iota. Sa mère parut vouloir remettre les lettres dans le secrétaire, puis se ravisa : elle ouvrit la porte et les emporta avec elle, tête haute et sans un mot.

Il est difficile de décrire exactement les sentiments qui animaient Marie-Pierre, ceux que l'on ressent lorsqu'un fracas énorme rend paradoxalement justice à nos actes. Les masques étaient tombés. Elle jeta un coup d'œil à l'horloge au-dessus de son bureau. Le temps poursuivait sa course, indifférent à ces drames minuscules. Elle s'allongea sur son lit en contemplant ses formes féminines, longtemps bridées, qui lui donnaient à présent une assurance nouvelle. Elle avait battu sa mère sur son propre terrain.

Ne sachant vraiment plus que faire, ses parents – à l'issue d'une discussion mouvementée dont

Marie-Pierre n'entendit que des éclats –, se résignèrent à ce qu'elle entame une licence d'histoire à la Sorbonne. Cet épisode célébra donc une victoire inattendue. Elle serait dorénavant libre de se déplacer à bicyclette de la place de l'Alma au Quartier latin, ses sacoches bourrées de livres, avec un peu d'argent pour le déjeuner. Ses parents semblaient insensibles au danger éventuel que courait une étudiante circulant seule dans le Paris de l'Occupation – ou peut-être s'en moquaient-ils, à présent qu'elle avait perdu sa valeur sur le marché des mariages. Et puis, ils étaient si bien gardés par les autorités d'Occupation...

Après cet épisode domestique et avant de passer à table, Pierre entra dans le salon et, brandissant le journal, annonça que six divisions alliées avaient débarqué à l'aube sur les plages de Normandie.

Une multitude de messages tombèrent par la voix de la *BBC*, demandant « l'exécution de tous les plans de sabotage et de guérilla » aux quatre coins de la France. L'un concernait le Vercors : « Le chamois des Alpes bondit. »

À cette annonce, la Résistance décida de lancer les opérations de libération prévues depuis des mois. Des milliers d'hommes montèrent immédiatement dans le massif : des ouvriers en bleu de travail, des employés, des gendarmes, des typographes du *Petit Dauphiné* et des étudiants de Grenoble, Romans, Valence, Bourg-de-Péage et Die ; des paysans des vallées de l'Isère et de la Drôme ; des officiers et des sous-officiers de carrière. Certains étaient munis de fusils de chasse, cachés à la réquisition. Mais la plupart d'entre eux n'avaient jamais touché une arme à feu.

Deux groupes de combattants, composés de trois cent cinquante hommes, furent constitués en toute hâte afin de surveiller le plateau qui menait au village de Saint-Nizier, principal accès au ravitaillement des maquis. Leurs chefs se dépêchèrent de donner des rudiments d'instruction aux nouveaux venus.

La fièvre libératoire avait saisi la ville de Grenoble, où l'on s'attendait à tout moment à l'annonce du débarquement en Provence, prévu dans la foulée de celui de Normandie. Des affiches frondeuses appelant à l'insurrection étaient placardées à chaque coin de rue. La plupart des chefs de la Résistance avaient fait allégeance au chef de la France libre. Dans une déclaration formelle sans précédent, ils s'autorisaient à restaurer la République française, remettre en vigueur les lois républicaines et abolir les décrets de Vichy sous les yeux des occupants. Nombre d'entre eux étaient persuadés que le général de Gaulle débarquerait en personne à Grenoble.

***

Les passants de Paris, le visage tendu, pressaient le pas et ne regardaient que leurs chaussures. La radio faisait part de gigantesques bombardements à Calais, au Havre et à Cherbourg. Des parachutistes étaient largués dans le Cotentin. Un bruit monstrueux souleva l'hôtel du 36 et fit vrombir la poitrine de ses habitants : une escadrille d'avions survolait le cours Albert-Ier.

Marie-Pierre s'apprêtait pourtant à essayer une robe chez Mme Baquet en prévision de l'adaptation moderne d'une opérette que son professeur de chant, Mme Amirian – qui appelait son père « Monsieur le Duc » à qui mieux mieux –, avait proposé de mettre en scène afin de distraire les habitants du 36.

Ils attendaient donc l'arrivée des Anglo-Américains au moment où les Allemands menaçaient de faire sauter les ponts de Paris. Ils attendaient sans savoir que faire... L'attente elle-même avait perdu tout son sens. Depuis la « drôle de guerre », depuis la débâcle... La jeunesse de la jeune femme s'évanouissait dans cette attente obsessionnelle du lendemain.

Aucun avenir n'était possible, sinon celui de ses songes, puisque Armand avait disparu, contraint par May, déesse furibonde et inhabituellement trompée, de mettre un terme définitif à leur relation. Quelque chose avait pourtant changé sur leur Olympe. Armand Salacrou avait montré à Marie-Pierre une voie sans retour. Celle-ci suivait une nouvelle discipline de vie : elle se plongeait dans *Phèdre*, lisait *Variété II*, faisait des fiches sur Louis XI, étudiait Lanson, Stendhal et s'immergeait dans la vie de Rimbaud. Elle chantait et travaillait ses partitions avec une assiduité compulsive.

Le soir, les habitants du 36 s'échappaient par tous les moyens de l'hôtel particulier.

Rentrant à pied d'un dîner chez les Fabre-Luce, Marie-Pierre longeait la Seine, portée par la brise qui agitait les branches des marronniers. La lune, telle une vigie, imprimait des reflets d'argent sur les flots. La tour Eiffel se dressait comme une ombre sur le cosmos. La jeune femme vérifia furtivement : les ponts liaient-ils toujours les êtres ?

Elle trouva Pierre en smoking blanc devant la porte cochère du 36. Il revenait seul de sa soirée. Son profil offrait un menton sans concession. Elle ne savait ce qui, dans son regard, relevait de la mélancolie ou de la hauteur. Ils montèrent écouter les dernières nouvelles à la radio avant d'aller se coucher. Dans le salon vert, ils se sentaient provisoirement à l'abri de la guerre et du temps, peut-être de la mort. Ils s'étreignirent avec tendresse ; la radio les enveloppait dans des slows de Glenn Miller diffusés par la *BBC* : *Perfidia, Moon Love, Indian Summer*... La musique était une étrangère qui les prenait dans ses bras. Ils oubliaient le cours

Albert-Ier, la guerre, eux-mêmes... Ils dansaient tranquillement, comme si les drames du dehors les indifféraient, comme s'ils ne devaient rien à personne. Ils riaient si bien, mais pas à mal. La Libération était proche...

Will this be moon love, nothing but moon love,
Will you be gone when the dawn comes stealing through?
Are these just moon dreams, grand while the moon beams?

Ils s'arrêtèrent de valser lorsque May apparut, sur le seuil de la porte. Elle était là depuis quelques minutes, peut-être depuis un siècle. Elle les observait, fantôme curieux et sidéré. Le feu couvait sous la cendre violette de ses yeux. Marie-Pierre adorait son père, pour sa fantaisie, mais aussi pour son goût pour les équations, pour la musique, la poésie et l'histoire. Ils partageaient cette curiosité complice. Elle l'aimait et se désespérait de l'emprise des conventions sur lui. Il était un consort brillant, duc, polytechnicien et grand veneur, mais suspect de dilettantisme dispendieux. Elle le sentait emprisonné dans un déguisement qu'on lui aurait offert enfant et qu'il n'avait pu quitter à l'âge adulte. May ne supportait pas leur connivence intellectuelle ni leur amour.

L'horloge du salon sonna minuit. Les commentaires effarants à la radio donnaient la mesure du gigantisme des opérations en Normandie. Un journal russe parlait d'une offensive soviétique menée sur le front est. Marie-Pierre avait l'impression de mourir et de revivre tout à la fois. La nuit était entrecoupée d'alertes. Ils finirent par somnoler tous en vrac dans la cave.

La Kommandantur avait décrété le couvre-feu. Des cultivateurs prévinrent les maquis qu'une colonne allemande, composée de plusieurs centaines de soldats, montait vers le plateau de Saint-Nizier. Les compagnies, spontanément créées, n'avaient eu le temps de creuser ni tranchées ni trous d'homme. Les champs de tir n'avaient pas été dégagés, ni aucun débroussaillage entrepris. L'atmosphère tremblait sous l'effet de la chaleur et pourtant, tout était figé. Seules des silhouettes noires se déplaçaient sur le chemin étroit : les soldats de la Wehrmacht entamaient leur virage.

Les compagnies ouvrirent le feu. Des échanges de tir s'engagèrent. Simon se tenait tapi. Il voulait se porter volontaire auprès du chef de la section Dangin, qui opérait dans la compagnie de Goderville, composée de corps francs. Son capitaine aurait fait sienne la phrase de Stendhal dans *Lucien Leuwen* : « L'essentiel est de diriger avec esprit vingt-cinq paysans qui n'ont que du courage. »

Simon aperçut le chef de section : son visage n'était plus qu'un masque mortuaire. Muni d'un lance-roquettes, il venait de balancer des grenades qui lui avaient brûlé jusqu'aux traits. Des yeux rieurs sortaient de sa face carbonisée. Roland Bechmann était parvenu à assurer la défense d'un croisement crucial avec une dizaine d'hommes. Il conseilla au jeune homme de s'engager auprès du chef de la compagnie en personne.

Un profil de lion sur l'horizon. Le capitaine Goderville s'apprêtait à rectifier la ligne de tir d'un fusil-mitrailleur. Il se tenait debout, expression de concentration intense, regard argenté, un dos comme une falaise. Une mitraillette allemande soudain riposta, mettant tout le monde à terre. Crâne, le capitaine poursuivit sans broncher ses explications. Alors Simon s'avança vers lui.

« Je m'appelle Kim, mon Capitaine, j'ai un peu d'expérience des armes et j'aimerais...

– Vous êtes prêt ? Vous êtes armé ?

– Oui, mon Capitaine.

– Alors vous êtes un de mes hommes », cria-t-il en lui jetant un coup d'œil furtif, tout en poursuivant ses mises au point. Il ajouta avec un mince sourire : « Nous avons de la chance de combattre dans les montagnes plutôt que dans les tranchées comme nos pères, n'est-ce pas ? », dit-il en embrassant du regard le secteur qu'il était chargé de défendre, une route étroite qui dominait une longue prairie en pente jusqu'à des bois. Simon posa son sac à terre sur le chemin qui bordait la forêt. Il porta son pistolet à sa ceinture et plaça ses chargeurs et sa musette de grenades à un poste dissimulé par des branchages. Il était blême, la respiration oppressée par les battements de son cœur.

Ils entendirent les détonations d'une salve d'artillerie venant de la prairie. Le canon tonna en provenance de Grenoble et des obus explosèrent sur leurs lignes, projetant de la terre et des pierres sur leur tête. Ils se précipitèrent derrière la route. Les Allemands restaient protégés par la forêt en contrebas. Les tirs d'artillerie se poursuivirent. Au moment où Goderville et ses hommes reprenaient possession de leurs postes, des traces de fusée apparurent dans l'azur. Les mitrailleuses allemandes, dissimulées dans les bois, commencèrent à tirer. Simon entendit leurs balles siffler de toutes parts. Dissimulé par les branchages, il avait à sa ceinture un pistolet. À ses pieds, les grenades.

L'imposante mitrailleuse de la compagnie se mit en action alors que les Allemands débutaient leur progression dans la prairie. Le plateau résonnait du fracas des armes. Leurs adversaires poursuivaient l'assaut avec précaution, se servant de chaque repli de terrain, de chaque buisson. La compagnie ne pouvait toujours pas les atteindre à cette distance. Protégés par leur position en amont, Goderville et ses hommes étaient envahis par le vacarme du crépitement des armes automatiques, des explosions de grenade et des éclatements d'obus. Brusquement, la mitrailleuse s'interrompit sans raison. Manquait-elle de munitions ou s'était-elle enrayée ? s'inquiéta Simon.

Il eut alors un choc. Des silhouettes en uniforme cheminaient dans la prairie en direction de la mitrailleuse à l'arrêt. Les Allemands étaient en train de prendre à revers la défense de la compagnie. Un soldat rampait vers lui, le casque camouflé par des feuillages, l'arme à la main. Le cœur battant, Simon pointa son arme sur lui. Le soldat continua de s'avancer sans le voir. La main vacillante, le jeune homme pressa alors sur la détente. Il y eut un claquement sec. Le coup n'était pas parti. L'arme s'était enrayée. Un déluge de grenades tomba autour de lui. Dans son affolement, Simon se souvint des siennes. Il tira la goupille d'une première grenade défensive, libéra la cuiller, puis la lança vers l'ennemi, puis une deuxième... La mitraille cessa. Dès les explosions passées, il se jeta dans la pente, roula et courut se réfugier dans les bois entre claquements de balles et bris de branches.

La pénombre tombante isolait et accentuait le moindre bruit. Entre chien et loup, Simon croyait voir un ennemi derrière chaque arbre ; la moindre déformation d'un tronc lui faisait l'effet d'un casque. Puis, les Allemands abandonnèrent le combat sans semonce. Il les vit descendre peu à peu dans l'obscurité vers Grenoble, transportant leurs morts et leurs blessés.

Les jours suivants, la compagnie tenta d'organiser la défense de ce secteur qui ouvrait une brèche dangereuse dans l'enceinte du Vercors. La Résistance envoyait télégramme sur télégramme à Alger, suppliant le gouvernement provisoire de leur venir en aide et d'effectuer de nouveaux parachutages d'armes, de munitions et de troupes…

Une multitude de tanks, telles des grappes de choux-fleurs, vrombissaient cours Albert-Ier. Ils stationnaient sur le quai entre la Concorde et l'Alma. Des rumeurs parlaient de l'arrestation de cinq mille hommes dans la nuit du samedi au dimanche.

Puis, rien.
Un calme insupportable.

Marie-Pierre tenta de convaincre ses parents de la laisser participer à l'effort de guerre comme ambulancière ou interprète auprès des armées alliées. Elle parlait allemand et anglais, mais elle était mineure et sans permis de conduire. Ses parents s'y opposèrent. Son professeur suggéra que leur fille prépare l'agrégation d'histoire, ce qui provoqua leurs sarcasmes. Marie-Pierre proposa alors son aide aux Équipes sociales, afin d'intégrer leur groupe de distribution de rations alimentaires et de médicaments. May et Pierre cédèrent enfin, en désespoir de cause.

Le 18 juin, Josée et May gagnèrent aux courses à Auteuil.

Marie-Pierre, elle, échappait aux frustrations du quotidien grâce à ses conversations avec Jeanne Delhomme, qui la faisait travailler en catimini. Son élève achetait des ouvrages de Schopenhauer et de Kierkegaard. Jeanne ne cessait de lui affirmer : « L'été prochain, vous comprendrez Platon ! » Elle n'hésita pas à l'emmener à un séminaire philosophique de Gabriel Marcel dans une maison défraîchie, au cœur d'une assemblée réunie à l'abri de rideaux tirés. La nouvelle venue fut invitée par le philosophe à poser une question. Dix minutes de discussion suivirent son interrogation inintelligible de prime abord, qui nécessita une reformulation indulgente. Marie-Pierre sortit galvanisée de cette rencontre : il était possible d'être prise au sérieux, de se sentir une personne et non un objet.

Les possibilités de la pensée sont infinies, disait Spinoza. Elle était terrifiée et attirée à la fois, bien qu'étant une luciole de la substance. Et elle trouvait admirable que des gens se réunissent pour réfléchir ensemble sur la liberté et sur l'existence, au moment même où les Allemands menaçaient de faire sauter tous les ponts de Paris…

Échange de bons procédés, ses parents ayant accepté sa participation aux Équipes sociales obtinrent de l'emmener au mariage Dubonnet. Une impressionnante verrière surplombait la salle de réception de l'hôtel particulier, rue de la Bienfaisance. Marie-Pierre était mal peignée, mais survoltée comme les autres invités. Elle fut invitée à danser le tango par Jean d'Essarties. Ils conjuraient leur impuissance devant les bouleversements de la guerre en dansant tels des derviches tourneurs.

À l'Étrier, les grooms recommandèrent à la cavalière de laisser les chevaux se reposer en prévision du concours d'obstacles organisé le dimanche 30 juillet, auquel toute la famille avait prévu d'assister. Mais, à l'entraînement, elle ne put résister à la perspective de franchir un obstacle droit avec Kaïd. Et de continuer sur sa lancée au lieu d'en rester là. Seulement, après avoir sauté un mur, impossible de reprendre son cheval. L'étalon se jeta sur un oxer et flanqua la jeune femme par terre en emboutissant l'obstacle. Les barres et les portants tombèrent un à un comme des jouets de pacotille. Marie-Pierre se releva, la joue abîmée, couverte de poussière.

Comme Kaïd, les événements s'emballaient. On disait que les chevaux sentaient bien avant les humains les tremblements de terre et des hommes.

Un orage de mort, de désespoir et d'horreur fondit en quelques heures sur le massif. L'apocalypse du Vercors. *An ordeal*, disent simplement les Anglais.

Simon n'était plus lui-même alors qu'il marchait derrière Goderville. Ce qu'il avait craint s'étendait sous ses yeux. Son esprit mêlait faits et émotions dans un tourbillon de pensées et de colère. Une intense sensation d'échec le submergeait. Les attaques ennemies frappaient de toutes parts ; une quarantaine de planeurs allemands étaient parvenus à atterrir sur la piste de Vassieux, si décriée par les Alliés. Leurs adversaires, soldats de la Wehrmacht et spécialistes du combat en montagne, étaient beaucoup plus nombreux et aguerris que prévu ; les marches étaient éreintantes, leur armement à eux, insuffisant ; les centaines de parachutes alliés aux pimpantes couleurs françaises, lancés le 14 juillet en plein jour, avaient été une provocation ; l'incompréhension était béante entre les maquis et Londres ou Alger ; les fermes étaient partout incendiées et les Allemands se livraient à des représailles sur les civils ; et surtout, sa famille à lui, Simon, qu'il était censé protéger, était à présent en danger…

Quelles illusions n'avaient-ils pas nourries sur le soutien des Alliés et sur leur capacité à défendre ce massif en apparence invulnérable… Personne n'avait imaginé la folie meurtrière de la Wehrmacht, alors que tout était joué pour l'Allemagne d'Hitler, alors qu'ils avaient perdu la guerre. Les nazis, eux, n'en étaient pas convaincus.

Simon se remémorait sa décision de rallier Goderville, et avant cela, Uriage ; puis Segonzac et les autres, ses aînés et ses camarades. Leur espoir de reconstituer la société française face aux démons du nazisme ; et enfin, le courage fabuleux de Germaine.

Le jeune homme se souvint des avertissements de Segonzac : « Tout ceci sera dur. » Il ne cessait de voir le visage de ses amis torturés, abattus à genoux, la tête dans une bassine. L'ascendant de Segonzac sur le jeune homme, comme celui de Goderville, avait été irrésistible. Simon aurait aimé les haïr, mais ne pouvait que les respecter. Il s'était montré pourtant, lui, incapable d'assurer la sécurité de ses proches et de porter l'ambition de ce peuple fait de noblesse et d'espoir.

À vingt-quatre ans, il allait mourir.

Et son sacrifice ne servirait à rien. Pire, ils seraient des morts embarrassants.

Il suivait Goderville tel un disciple. La forêt résonnait intensément du fracas des armes et des avions. Les milliers de sapins longilignes, éclairés à brusques intervalles, donnaient à voir un spectacle fantastique et terrifiant. Des fumées, de longs aboiements, des rafales de mitrailleuse et des hurlements s'élevaient des vallées. Le massif était attaqué de toutes parts et gémissait lamentablement. Pensant aux représailles que risquaient sa mère et les enfants, Simon était parcouru de frissons d'horreur. Les retrouver à Méaudre les aurait mis davantage en danger. Le dernier combat avec Goderville à Herbouilly avait décidé de leur brusque retraite au cours de la nuit. Les troupes aéroportées, tant promises par Alger, n'étaient jamais arrivées. Il y avait maintenant plus d'une centaine de morts du côté français.

Parvenu à une cabane, Goderville, les traits creusés, fit un point sur la situation. Il leur annonça que l'ordre de dispersion était donné.

Les maquisards chercheraient à se cacher dans des grottes, qui se comptaient par centaines dans le massif, pour fuir la chasse à l'homme. Il libéra alors les combattants de sa compagnie et leur recommanda avant tout de ne pas tenter de se faire passer pour déserteur ou civil. Puis il prit à part Simon et lui proposa de se réfugier avec lui et quelques autres dans une grotte au-dessus des Valets, surplombant la forêt de Darbounouse.

Une dizaine de personnes, dont Léa, une jeune femme chargée du chiffre, peu habituée aux marches en montagne, se remirent en route dans la forêt. Goderville savait visiblement où il les emmenait. Il avait repéré cette grotte de longue date et préparé pour une hypothétique retraite. Emportant dans leurs sacs de la viande crue de mouton, des cerises, des carottes et du lait, ils parcoururent un long promontoire boisé, aérien, qui dominait tout le Vercors. Rochers, souches et feuilles mortes freinaient leur marche. À un endroit précis, sans le moindre balisage, Goderville s'arrêta et descendit d'une dizaine de mètres en s'aidant des branches, puis remonta les chercher. Il fallait ensuite désescalader une longue cheminée qui aboutissait sur une terrasse naturelle. Une fois sur pied, ils devaient descendre encore, sans glisser sur la pente abrupte. Ils franchirent une barrière rocheuse et se retrouvèrent alors face à un rocher colossal. Il y avait là une petite terrasse entre les arbres. Au ras du sol caillouteux, Goderville se baissa à hauteur d'un interstice insoupçonnable. Il y pencha la tête, et disparut complètement. Simon, indécis, le suivit en rampant, effritant les parois, et se retrouva soudain debout dans une semi-obscurité, les vêtements et les cheveux couverts de poussière.

L'antichambre de la grotte mesurait une bonne dizaine de mètres de hauteur. Les membres du groupe arrivèrent, l'un après l'autre. Ils s'enfoncèrent dans la pénombre avec Goderville. Ils entendaient l'eau s'insinuer dans les murs recouverts d'une pellicule sableuse. C'était une grotte suintante et tortueuse qui se déployait dans les flancs mêmes de la montagne.

Plusieurs salles, dont l'une abritait une source, se succédaient sur une centaine de mètres, entrecoupées par un maillage rocheux. Les déformations créées par l'eau avaient produit des cavités naturelles. Chacun s'installa un couchage avec des couvertures et quelques affaires. Puis ils attendirent, partagés entre le soulagement d'avoir trouvé ce sanctuaire inaccessible et l'inquiétude de passer des semaines dans un habitat si précaire.

Les jours suivants, ils entendirent le bruit lointain des Allemands battre la forêt avec leurs chiens, mitraillette au poing, grenades à cuiller enfoncées dans leurs bottes. La nuit, certains tentaient de récupérer quelques victuailles. La ferme de Goderville n'était pas très loin.

Chacun s'occupait comme il le pouvait. La majorité des compagnons de la grotte discutait, jouait aux cartes et lisait à la bougie. Mutique, Goderville s'était isolé dans un coin. Simon écrivait ses réflexions sur le redressement économique de la France après la guerre.

Mais, jour après jour, la situation empirait. Ils entendirent des fermes brûler dans les vallées avoisinantes, puis dans le hameau de La Rivière en contrebas. Des colonnes de fumée montaient du plateau. Ils n'avaient plus que des fruits pour s'alimenter et se sentaient de plus en plus faibles. Les Allemands se rapprochaient, puis s'éloignaient. Et puis, cela recommençait. L'absence d'information était insupportable.

Quand il ne lisait pas, Goderville marchait, passant d'une salle à une autre, le visage crispé, et se livrait à des exercices de gymnastique. Ses veines saillaient le long de son cou, le long de ses bras. Il ne disait toujours pas un mot. Un précieux bidon d'eau passa de mains en mains. « Vous d'abord », lui proposa Simon. Goderville s'empara du quart et le jeune homme aperçut un recueil de poèmes de Bertolt Brecht, posé sur son sac tyrolien.

« Puis-je ? »

Goderville acquiesça du regard.

Le jeune maquisard ouvrit une page qui était marquée.

CONTRE LA DUPERIE

Ne te fais pas rouler :
Ce serait sans retour.
La porte brille au jour
Mais la nuit va souffler,
Et c'est tout pour toujours.

Ne te fais pas duper :
C'est trop peu que la vie,
Il faut bien la lamper ;
Il en reste une envie
Quand on doit la quitter.

Sois sourd aux menteries :
Tu n'as pas de loisir.
Laisse les saints moisir.
Rien de grand que la vie
Qui ne peut revenir.

Ne te fais pas rouler
Ni mener à la tâche
À quoi bon être lâche,
Puisque tout doit crever
Et rien d'autre arriver!

Chacun dans les maquis se demandait ce que faisait Goderville, impénétrable, dans la vie civile. Nombre de combattants pensaient qu'il était un militaire, mais Simon était persuadé qu'il était un professeur, et sa découverte corroborait son intuition.

« Pourquoi ce choix, mon Capitaine, si je peux me permettre ?

– Ce poème montre qu'il faut faire de ta vie une œuvre… Aller vite, aimer vite et bien se garder de se retourner… Quand j'étais plus jeune, je m'adonnais passionnément au sport, pas seulement pour dompter ma timidité, mais aussi pour canaliser cette force en moi, ce "trop-plein". Mais toi, Kim, que veux-tu faire, si nous sortons de tout cela ? », dit-il en regardant l'enceinte goutteuse de la grotte.

Goderville sembla se détendre pendant ce court aparté.

« Aimer, bien sûr… » Les deux hommes eurent un mince sourire. « J'aimerais écrire mes réflexions sur ce que devraient être l'économie et l'organisation de l'État après la guerre, déclara finalement Simon.

– Ah, faire un bon livre au galop, penser sans rêvasser, exiger du corps qu'il suive, jusqu'à l'épuisement, les efforts de l'intellect, voilà le pari. Surtout ne pas s'inquiéter du sort que tes arrière-neveux feront à tes ouvrages, si tu veux mon conseil. »

Ils continuèrent à échanger leurs expériences sur les maquis, les femmes, les amis et leurs combats au Pas de la Sambue, ainsi qu'à Herbouilly. Comme ses compagnons, Simon était fasciné par cette personnalité libre et mystérieuse, son aîné de vingt ans, qui semblait pourtant agir comme s'il devait être éternel.

Puis Goderville partit jeter un œil sur le plateau en se glissant à travers la chatière.

Le lendemain matin, un résistant fit irruption et leur relata les avancées allemandes. Les nazis identifiaient les accès des grottes grâce aux chiens et les encerclaient. Lorsque les hommes qui s'y cachaient s'en rendaient compte, il ne leur restait plus qu'à sortir de leurs poches leurs papiers, les photos de leurs parents et de leurs amis, à les brûler et à se rendre sous la mitraille.

Le 30 juillet, le matin du septième jour, Goderville les réunit tous.

Il leur fallait quitter les lieux ; les Allemands trouveraient, tôt ou tard, cette cache. L'annonce créa le trouble – les avis divergeaient radicalement. La plupart d'entre eux étaient partisans de cette solution car ils étaient à court de vivres, affaiblis par une succession de nuits éprouvantes. Les cavités étaient très humides. On ne pouvait jamais trouver une position confortable. Ils étaient amaigris, ravagés par la peur. D'autres, dont Simon, faisaient valoir que la traque cesserait sans aucun doute les jours prochains.

« C'est de la folie de partir, dit Simon au capitaine.

– Fous-moi la paix. Je sais ce que j'ai à faire, rétorqua Goderville sèchement.

– Ce n'est pas une réponse, répliqua-t-il.

– Écoute-moi bien, nous allons connaître le même sort que les autres. Il faut sortir par petits groupes et prendre des chemins différents. Nous aurons plus de chances d'en réchapper. Je prendrai Léa avec moi. Ensuite, je rejoindrai les maquis en Isère où je pourrais reprendre le combat.

– Très bien, dit Simon calmement, je ne suis pas d'accord, mais, si c'est votre décision, je vais tenter de rejoindre Méaudre pour retrouver ma mère et le reste de ma famille. »

Goderville lui prit le bras rageusement. Il avait un regard un peu fou, inquiétant. « Tu comprends que je ne peux pas rester là, les bras ballants, inutile ?

– Je comprends.

– Tu sais quoi ? La seule chose qui m'ennuie ?

– Non. Vous voulez dire si ça se passait mal ?

– Oui, exactement. Eh bien, je n'aurai pas fini d'écrire mon manuscrit qui repose dans un tiroir... Je l'ai laissé en garde à ma femme pendant les combats... !

– Alors, donc, vous êtes écrivain !

– Oui, journaliste aussi, poète parfois. J'écris depuis longtemps une thèse sur Baudelaire qui est une part centrale de mon œuvre. Mon nom est Jean Prévost. Voilà, tu sais tout, ajouta-t-il. Et je crains maintenant, Kim, que nous n'y restions tous. »

Au crépuscule, ils s'équipèrent et emportèrent leurs dernières affaires avant de prendre la route. Le soulagement de quitter l'antre caverneuse était réel, même chez les partisans de demeurer, et malgré la peur d'affronter le danger. Après la révélation de l'identité de Goderville, Simon avait donné la sienne au capitaine qui était sorti de sa discrétion. Ils n'avaient plus rien à perdre, leurs chemins allaient se séparer. Ils avaient discuté toute la nuit de Stendhal, sur lequel Jean Prévost avait écrit une thèse. Il lui avait confié : « Si j'ai choisi de m'engager et d'assumer tous les risques de l'action, c'est par dignité personnelle et parce que mon propre honneur l'exigeait. Et aussi parce que je suis persuadé qu'un homme n'a le droit de parler, d'écrire, de vivre qu'autant qu'il a connu et accepté, un certain nombre de fois dans son existence, le danger de mort… »

Maintenant, il n'y avait plus grand-chose à dire, sauf se laisser aller à ses émotions. Personne n'avait dit un mot, concentré sur les préparatifs. Tout s'était passé à travers leurs gestes et leurs regards. Simon sentit sa gorge se serrer lorsqu'il étreignit Léa contre lui ; elle avait vingt ans ce jour-là. Ils s'étaient fait la promesse mutuelle de se retrouver libres un jour.

Simon s'extirpa le premier par la chatière et fila à travers les bois. En marchant rapidement la nuit et avec précaution de jour, il pourrait gagner Méaudre en deux jours. La vigilance l'emportait sur toute sensation de faim et de fatigue. Il était difficile d'anticiper la survenue d'une patrouille et il fallait éviter les sentiers, se concentrer sur un cheminement forestier hasardeux entre lapiaz et broussailles. Il eut tout juste le temps de se cacher sous un pont en entendant arriver une patrouille allemande. Le jeune résistant était rompu à ces manœuvres, exercé depuis des mois à la dissimulation en milieu forestier.

L'aveu de Goderville le bouleversait. Il avait lu des choses avant la guerre sur Jean Prévost, un fou de sport, de cinéma, d'architecture, un touche-à-tout talentueux, tête dure, prônant l'anarchie mais paradoxal. Il était un pacifiste qui voulait se battre tout en refusant l'embrigadement militaire. Cela expliquait certainement sa dureté et sa générosité, sa franchise et sa sensibilité. L'alliage d'humanisme et d'autorité qui les impressionnait tous, les dominait même. Avant de quitter la grotte, Prévost leur avait cité Voltaire : « Nous n'avons que trois jours à vivre. Ce n'est pas la peine de les passer à ramper devant des coquins méprisables. »

Simon traversa un hameau dont il ne restait que des ruines incendiées et la puanteur de la mort. Il croisa quelques civils, rescapés et hagards. Les Allemands avaient fouillé, traqué les fuyards et incendié villages, fermes et hameaux. Les maquisards n'avaient plus suivi les consignes et tout s'était décomposé en quelques heures. Des sentinelles allemandes avaient été postées à chaque passage du massif. Les hommes, désespérés, barbus et affamés, avaient tenté leur chance. Ils avaient été abattus sur place, au tournant d'un chemin ou au carrefour de deux routes. D'autres avaient cherché à se faire passer pour des civils et avaient été fusillés quelques heures plus tard. Un jeune garçon, touché au ventre, avait juste eu le temps de souffler à son camarade : « Tu diras à Maman que je suis mort pour la France ! » Les rafales des pelotons d'exécution avaient résonné dans tout le massif.

Vassieux avait payé un monstrueux tribut. Lorsque le village avait été découvert dans une pâleur morbide, des cadavres de tous âges gisaient au seuil des maisons et dans les champs environnants. Des paysans et des ouvriers avaient été abattus à la mitrailleuse ou décapités. On les avait retrouvés émasculés, le crâne éclaté, ou pendus par les pieds, langue coupée et yeux arrachés. Un couple avait été assassiné, le bras de l'homme étreignait encore le corps de sa femme. Une vieille femme avait été trouvée au milieu de la route, les bras en croix. Des bébés au corps disloqué avaient été jetés sur le cadavre de leurs parents.

Au prix de mille précautions, Simon parvint à s'introduire dans la ferme de M. Odemard à Méaudre, surveillée par des soldats de la Werhmacht. Il retrouva sa mère, les enfants et Jean qui, après avoir pris part à des parachutages, avait participé aux opérations du Bataillon Ullmann en tant que médecin. Mais le maire interrompit brusquement les retrouvailles. À son expression, Simon comprit instantanément : Jean Prévost et quatre de ses compagnons avaient été abattus l'après-midi, surpris par un tir de barrage au Pont Charvet, au moment même où ils atteignaient leur but. Les deux derniers compagnons avaient été tués par les Allemands à Villard-de-Lans.

Épuisée par la marche, les pieds en sang, Léa s'était arrêtée avec l'un des compagnons, Rémy Lifschitz. Le matin, à la Croix des Glovettes, ils avaient été surpris par des Allemands et jeté leurs dernières forces dans un combat sans merci. Après en avoir tué deux d'entre eux, Rémy périt, déchiqueté par une grenade et Léa, éxécutée d'une balle dans la nuque.

Goderville avait presque eu raison.

Simon était le seul survivant de la grotte des Fées.

La radio annonça le matin du 18 août que les Anglo-Américains avaient pris Chartres. Tiré de la prison de la Santé, l'ancien ministre juif Georges Mandel avait été assassiné par la Milice au pistolet-mitrailleur, quelques semaines auparavant. On anticipait une grève générale des transports, du courrier et de la police. Sous un soleil appelant la reddition, les berges étaient peuplées de citadins qui piquaient une tête dans la Seine, encore fraîche, alors que les blindés fonçaient sur Paris.

À l'extérieur du 36 régnait un embrouillamini de camions, de bicyclettes et de fausses nouvelles. Des bagarres éclataient avenue Foch et avenue Victor-Hugo, alors que Pierre Laval cherchait à installer Édouard Herriot à l'Hôtel de Ville avec l'assentiment des Allemands. Il y avait des fusillades partout et Bobby manqua d'être rasé par des rafales de mitrailleuses aux abords des Invalides.

Dans une atmosphère d'émeute, des miliciens réquisitionnaient les véhicules pour fuir l'arrestation qui les attendait. D'autres faisaient de l'auto-stop, puis menaçaient les chauffeurs de leur revolver. Les automobilistes avertis accéléraient pour les éviter... Paris ressemblait à une gare de triage survoltée.

Marie-Pierre avait fini de lire *La Nausée* dans la cave et commençait tout juste Kierkegaard lorsque May lui annonça que Jean-Paul Sartre l'invitait à prendre un café. Armand, qui le connaissait, avait organisé ce rendez-vous. L'étudiante sortit plus exaltée encore du séminaire de Gabriel Marcel, où il ne restait plus que Jeanne et quelques intervenants qui échangeaient dans une atmosphère de piété irréelle.

Une grande négociation se tint à l'Hôtel de Ville avec les Allemands, qui donnaient cinq minutes aux gens avant de faire sauter les ponts de Paris... Tout le gouvernement était envoyé en Allemagne sauf Pierre Cathala, ministre de l'Économie, fidèle de Pierre Laval. Le colonel Rol-Tanguy lança son appel aux armes aux groupes francs, milices patriotiques et policiers résistants. On se battait dans Saint-Arnoult.

Puis, dans la nuit, un orage estival éclata, sourd et menaçant.

Le lendemain, le silence s'était emparé de la capitale. Pierre, May et leurs enfants sortaient de l'église Saint-Pierre de Chaillot et s'apprêtaient à traverser l'avenue Marceau lorsque des voitures de police, drapeaux blancs et haut-parleurs accrochés au toit, passèrent devant eux en annonçant l'armistice.

Les Allemands se retireraient sans tirer si l'on ne les attaquait pas. Des milliers de policiers résistants avaient investi la préfecture de police. Les rues étaient presque désertes. Seuls quelques passants, assis çà et là sur des bancs ou des chaises, observaient, silencieux. Personne n'osait faire un bruit. On entendait, de temps à autre, le sifflement d'une torpédo allemande, officiers nazis en compagnie de blondes en sursis. L'avenue Montaigne était pavoisée de drapeaux français, alors que les hôtels Plaza et Borghèse étaient à l'abandon.

Marie-Pierre avait l'étrange impression d'un changement précipité de décors, organisé en urgence pendant l'entracte, par des techniciens zélés de l'histoire. D'abord, les feldgendarmes, munis de chaînes d'huissier, réglaient la circulation à coups de disques. Puis, des convois allemands de camions, engins hybrides, ambulances chargées, voitures blindées, motos à chenilles encombrèrent le cours Albert-Ier. Au fur et à mesure de leur avancée, les soldats vendaient ce qu'ils ne pouvaient emporter, conserves et équipements. Le concierge du 32 rasait les murs en trottinant avec des précautions de souris, un bidon d'essence perché sur son épaule. Des barricades étaient maintenant dressées dans le Quartier latin. Des voitures affichant *FFI – Forces françaises de l'intérieur*, hérissées de mitrailleuses en tous sens, filaient le long de la Seine. En pleine guerre, elles donnaient le sentiment de jouer au gendarme et au voleur.

Après leur départ, Pierre et sa fille allèrent contempler les traces impressionnantes laissées par les chenilles des tanks dans l'allée cavalière du cours, où il ne restait plus qu'une carcasse de voiture fumante face au Grand Palais incendié.

Le 24 août, la radio de de Gaulle annonça leur libération.

« La sensualité consiste simplement à considérer comme une fin et non comme un moyen l'objet présent et la minute présente », dit André Gide. Longtemps, Marie-Pierre s'était interrogée sur l'homme qu'elle aimerait. Elle avait décidé. Elle voulait l'homme le plus orgueilleux, le plus vivant, le plus affirmatif.

May entra dans sa chambre. Les Américains avaient franchi la porte d'Orléans. Des colonnes de blindés français entraient en force dans Paris par le sud. La jeune femme survola littéralement le grand escalier et, malgré les interdictions de son père, remonta en flèche l'avenue Georges-V avec l'espoir fou d'apercevoir la victoire avec un grand V, d'obtenir une minuscule parcelle de cette épopée qui avait pris à revers leurs envahisseurs les plus acharnés.

Une multitude de chars français et américains étaient groupés place de l'Étoile, et sur les Champs-Élysées, dans le chaos et l'excitation générale, et en particulier des femmes. Les soldats étaient brunis, sales, mais heureux d'être arrivés. Marie-Pierre embrassa un soldat stupéfait venu du Tchad. Elle parla en anglais à des Américains, ravis d'entendre leur langue, et qui lui donnèrent un paquet de cigarettes Chesterfield.

Un mitraillage inexplicable se fit entendre dans la foule. Les gens coururent vers les portes cochères. Pierre, qui avait rejoint sa fille, l'extirpa du dangereux capharnaüm et l'emmena chez sa tante, Jeannette d'Arenberg, rue de

Presbourg, retrouver Lucienne Salacrou et Lolotte Fabre-Luce, afin de boire une coupe de champagne en l'honneur de leurs libérateurs.

Il ne fallait pas oublier les bonnes manières.

De la Thébaïde ne restaient que les communs, et le premier étage calciné.

Fin août, les Allemands s'étaient progressivement retirés du Vercors afin de gagner le front est. Sans illusion, Simon chercha dans les décombres un travail considérable de documentation et de fiches qu'il avait entreposé au château afin de préparer sa thèse universitaire sur les investissements et la planification en Union soviétique. Il errait dans les gravats du château dont il ne restait que les embrasures de portes, les murs et les fondations. Tout était réduit à l'état de fine poussière. Le silence avait succédé à la fête improvisée du Murinais, les sons du clavecin de M. Saint-Rémy, déporté, lui revenaient de manière lancinante au fur et à mesure de son passage, pièce après pièce.

Après avoir été décoré, comme Jean, de la croix de guerre et de la médaille de la Résistance, Simon rentra à Paris mi-septembre. Son père, bouleversé, lui raconta que Xavier Vallat, commissaire général aux Questions juives jusqu'en mai 1942, l'avait prévenu des dates de grandes rafles, notamment celle du Vél d'Hiv du 16 juillet 1942. Il avait tenté de prévenir le plus de victimes possible et réussi à échapper lui-même à plusieurs arrestations grâce à l'intervention de patients reconnaissants de l'hôpital Rothschild. Le docteur avait également recueilli deux enfants polonais de l'orphelinat. Mais il n'avait pu empêcher l'arrestation de sa propre sœur, Alice, qui avait été internée à Drancy, puis déportée.

Gaston n'eut alors de cesse de convaincre son fils d'entrer dans l'administration afin d'y porter les valeurs qu'il avait défendues dans le Vercors. Simon ne faisait-il pas partie aujourd'hui d'une minorité qui, avec ses armes, son esprit d'aristocrate défenseur de la démocratie et ses idées, avait libéré le territoire, les armes à la main, et saurait donc mieux que les autres ce qui était bon pour le pays ? N'avait-il pas démontré ses capacités de persuasion auprès de la population ? En rejoignant l'administration, il secouerait les positions établies, combattrait les idées reçues et permettrait à la France de se doter d'un État moderne qui défendrait le pays, son originalité et son indépendance face à l'influence des États-Unis.

L'incendie de la Thébaïde décida de la carrière du jeune homme dans le service public. Soit Simon reprenait son travail de thèse soit il s'engageait dans une autre voie. Il choisit finalement de changer son fusil d'épaule et prit rendez-vous avec le chef de service de l'Inspection générale des finances dont il savait finalement peu de choses.

Il avait déjeuné le jour même avec des amis des maquis. Dans le bureau du chef de service, le rescapé du Vercors s'était présenté un peu ivre et embarrassé. Ce dernier lui dit, soupirant avec indulgence : « Très bien, vous pouvez vous inscrire... » C'est ainsi que Simon se retrouva embarqué dans le concours de l'Inspection auquel il fut, évidemment, recalé.

Après cet échec, le concours devint un défi. Simon présenta le suivant trois mois plus tard, l'administration recrutant beaucoup. Le jeune candidat se retrouva cette fois admissible, mais était tombé, entretemps, amoureux d'une actrice et l'avait suivie dans le Midi. Après l'écrit, il ne revint tout simplement pas à Paris pour passer les oraux. Ulcéré par ce comportement irresponsable, son père le sermonna avec sévérité. Le jeune homme lui opposa une fougue amoureuse qui n'empêcherait pas sa progression académique.

« Ne vous inquiétez pas, Papa, je vais me représenter et y parvenir », dit-il à son père, proche du désespoir. Lorsque l'École Nationale d'Administration fut créée l'automne 1945, Simon s'inscrivit au concours d'entrée, et fut reçu.

Comme la plupart de ses camarades, il était désireux d'entrer dans le service public afin de mettre en œuvre le travail de réflexion entamé à Uriage et à Murinais. Il se sentait porteur des valeurs qu'ils avaient incarnées pendant la guerre. Simon faisait certes sauter moins de trains rue Saint-Guillaume qu'autour du Vercors, mais l'état d'esprit n'était pas très différent. N'étaient-ils pas, à présent, les plus beaux, les plus intelligents et les détenteurs de la légitimité populaire ?

À onze heures du matin, le 1er septembre, on était venu arrêter May.

Pierre et Granny ne savaient pas pourquoi.

Marie-Pierre entendit le bruit précipité de ses escarpins sur le sol marbré du vestibule, sa silhouette démultipliée par les miroirs, disparaissant dans son manteau de fourrure, sans bijoux, sans maquillage, projetée dans l'incertain par deux types des FFI à l'air impitoyable.

La stupéfaction régnait au 36, après l'euphorie du 25 août. Le pire les attendait, Marie-Pierre en était convaincue. La vérité apparaissait à cette caste sans foi ni loi, aussi nue qu'une statue que l'on aurait brusquement découverte de son voilage. Depuis le début de la guerre, les mots scandaient leur loi : Drôle de guerre, Débâcle, Occupation, Libération. À présent, c'était l'Épuration. On apprit finalement que May avait été emmenée à une ancienne annexe de la Gestapo, 42, rue de Bassano.

Sa fille parvint à lui rendre visite avec Granny, pour lui donner des affaires de rechange, jusqu'au moment où la détenue se volatilisa. Personne ne put leur dire dans quel lieu elle était interrogée.

Granny écrivit immédiatement à son fils, Charles, qu'elle n'avait pas vu depuis les funérailles de Tom Pa, et qui avait mené des actions en concertation avec les mouvements de Résistance au Creusot, afin de limiter au minimum la production livrée aux Allemands.

Mon petit Charles,

Nous étions si inquiets de vous ! Quel soulagement lorsqu'A... m'a téléphoné de vos bonnes nouvelles et m'a dit que vous aviez été magnifique, ce qui ne nous a pas étonnés. Mais c'est précieux à entendre, et, de loin encore hélas, je vous félicite tendrement pour moi et pour celui qui eût été si heureux et si fier de tout ce que vous avez fait !

Ici, je vis dans un affreux cauchemar depuis l'invraisemblable histoire arrivée à May, et qu'A... vous a écrite avant d'avoir reçu votre lettre. Vous pouvez vous imaginer notre stupeur lorsque le 1er septembre à onze heures du matin, deux policiers sont arrivés avec un ordre du ministère de l'Intérieur pour l'arrêter – aucune accusation, aucune preuve, aucun dossier, rien qu'un mandat d'arrêt. Nous croyions rêver et avons cru et croyons encore à une erreur. Mais voici le quatorzième jour que cela dure. Elle a été douze jours au dépôt ! Puis depuis trois jours à Drancy. L'avocat demande pourtant un dossier qui est introuvable et n'existe probablement pas du tout. Nous avons fait toutes les démarches possibles. On nous répond toujours qu'elle va être relâchée, mais rien n'arrive, et elle est dans des endroits épouvantables dont la seule idée me terrifie, car elle n'est pas très forte depuis la naissance des deux petits. C'est, paraît-il, plein de typhoïde, de méningites cérébro-spinales, de dysenterie, et May a dit à son avocat : « Si j'attrape quelque chose, c'est la mort au bout. » Vous devinez l'état où je puis être. Que faire ? Mon chéri, pouvez-vous nous aider ? Comment peut-on arrêter ainsi une mère de famille de quatre enfants, sans accusation, sans preuve, sans dossier, c'est à devenir fou ! Je suis sûre que vous et Liliane me comprendrez et ferez tout pour nous aider.

Marie-Pierre est admirable. Grâce à sa patience et à sa persévérance, restant des jours à la porte au dépôt, elle a pu lui faire passer des vêtements chauds et quelques paquets de vivres par les religieuses. Mais c'est insuffisant ! Plaignez-moi, mes chers enfants, car je traverse à nouveau un terrible cauchemar. Pierre a vieilli de dix ans. La figure ravagée, le pauvre garçon. Les enfants pleurent. Tout cela est affreux ! Du reste, il règne ici une atmosphère de terreur. C'est douloureux, après les premiers jours de délivrance et d'enthousiasme.

Excusez mon écriture et la déconvenue de cette lettre, mon cher garçon. Voici treize nuits que je ne dors pas et je suis à bout du chagrin et d'inquiétude. Je pense à vous, à Liliane, et au cher petit qui va naître. Que Dieu vous garde tous !

Pensez à notre petite May qui souffre loin de nous tous !

Je vous embrasse du fond de mon cœur dévolu.

Maman

Tous les jours, Marie-Pierre, en effet, se lançait à la recherche de sa mère à vélo, franchissant les décombres de barricades et de véhicules fumants, errant d'un commissariat à un autre, sollicitant un ami de la famille ou une relation d'affaires de ses parents dans l'espoir d'une information, d'une intervention providentielle. La nuit se confondaient les rues, les immeubles, les avenues dans une maraude cauchemardesque. Elle se tourmentait de savoir sa mère aux mains d'épurateurs sans vergogne, et imaginait une faille secrète, une fragilité, derrière son armure aristocratique. Marie-Pierre allait sauver May par elle-même et n'avait cure des combats qui éclataient dans un Paris meurtri, divisé entre défenseurs de la réconciliation et partisans de la vengeance, oscillant entre euphorie et cruauté. Le couvre-feu avait été levé. Les zazous et les jeunes célébraient la victoire dans les clubs de jazz de Saint-Germain-des-Prés et sillonnaient, en patins à roulettes, les rues de la ville pendant la nuit. Les prostituées, gigolettes ou amantes, tondues, étaient livrées de manière éhontée à la hargne publique. Et personne ne semblait s'étonner du passage de cette beauté nattée, en robe de coton et en socquettes blanches, parcourant les quais et les boulevards à bicyclette dans les ultimes spasmes d'un conflit meurtrier.

Celle-ci ne songeait plus à chanter, comme autrefois après ses lubies, elle pédalait à travers la ville, le visage mort, les lèvres soudées par l'humiliation, le cœur en lanterne. Elle était terrassée par cette lucidité honteuse qui la rongeait depuis des mois, depuis des années, désespérée d'appartenir au camp infamant des collaborateurs, amère d'avoir pensé juste, mais de ne pas s'être révoltée pour autant. Elle avait abandonné son sort à des gens auxquels elle devait tout et perdu l'exercice de sa liberté de conscience, recluse dans son enclos social et familial. Ce qui l'avait choquée se trouvait maintenant pleinement justifié, au-delà de ce qu'elle imaginait.

Marie-Pierre retrouva enfin trace de May, incarcérée au dépôt. Mais la mère supérieure, qui contrôlait toute entrée, refusait de la faire entrer. Les gardes se surveillaient les uns les autres. Les sœurs avaient peur des communistes, les autres se craignaient entre eux. La mère ouvrit finalement le portail sous le prétexte de la laisser prier dans la chapelle.

May arriva dans le parloir en rasant les murs. Elle se déplaçait tel un somnambule, sa fourrure poussiéreuse jetée sur les épaules, son visage anguleux encadré par ce blond vénitien dont Morand avait caressé les reflets, son allure féline et souveraine subsistant malgré l'insalubrité, malgré la promiscuité. Elle s'assit devant Marie-Pierre sans un regard ; puis elle s'effondra et prit sa tête entre ses mains, les deux coudes fichés dans la table, secouée de pleurs. Embarrassée par cet aveu de vulnérabilité sans précédent, sa fille lui tendit pathétiquement son propre mouchoir, maigre viatique pour une peine indéchiffrable. Après avoir séché ses larmes, la détenue réussit à se dominer, puis reprit son impassibilité d'équilibriste marchant sur un fil tendu à travers le ciel.

Mère et fille discutèrent pendant une demi-heure, sursautant à chaque bruit de pas et échangeant des regards apeurés lorsque leur parvenaient les râles et les cris des prisonniers ; à côté, les religieuses chantaient faux les cantiques du salut. Elles parlaient enfin et anxieusement de tout, des choses importantes comme la Libération, des choses futiles telles que le goûter des petits ou les puces de la cellule. Elles étaient ensemble enfin, heureuses de leur présence mutuelle, malgré la perspective des portes et des grilles que la jeune femme franchirait bientôt pour sortir.

Marie-Pierre la fit changer de robe et prit son linge sale avant de la laisser.

« Veillez, s'il vous plaît, à poster ces lettres », lança alors May. Sa fille sursauta. Une main délicate s'avança dans l'espace sombre, un paquet de lettres négligemment tendu. Ses « amis » l'attendaient… Puis elle conclut : « C'est ennuyeux d'être en prison à l'heure actuelle. » L'ambiance du dépôt était chargée de nervosité et d'incertitude. On entendait des détonations dans les cellules au cours de la nuit. À l'adresse de Marie-Pierre, mais se parlant presque à elle-même, elle murmura : « On ne peut pas savoir ce que c'est », et repartit vers sa cellule.

Le bar du Montana, rue Saint-Benoît. Il y avait là des soldats démobilisés en uniforme, des écrivains, des professeurs, des intellectuelles allègres, des journalistes américains avec hâle et barbe, et quelques étudiants adossés au comptoir. Un jeune type chantait Sinatra accompagné d'une contrebasse que personne ne pouvait entendre. Simon pénétra dans le bar enfumé, perdu dans un brouhaha joyeux, gagné par la fièvre qui montait de Saint-Germain, une liberté survoltée du plaisir, favorisant un égalitarisme de principe. Ils étaient tous des survivants, la mort et la peine étaient restées à la porte. Ils avaient conquis le droit de vivre. Ils étaient aussi des vainqueurs, même si les combats se poursuivaient à Strasbourg. La guerre leur avait donné la détermination, le goût de réinventer le monde sur ses décombres et le devoir de s'assurer qu'ils étaient tous bel et bien vivants, et cela par tous les chemins du désir. Les barrières sociales ou statutaires étaient tombées. On pouvait s'asseoir à la table de Jean-Paul Sartre, Maurice Merleau-Ponty ou de Jean-Toussaint Desanti sans lettre de créance.

Simon avait retrouvé ceux du Vercors, bien sûr, mais aussi Geneviève Gayet, alias Germaine, apparue à l'improviste au détour d'une rue. Il la reconnut instantanément, inchangée, joyeuse, dotée de la force qui les frappait tous, aux bras de son fiancé médecin. Il rencontra aussi, au printemps 1945, l'inimaginable cohorte de ceux qui avaient survécu aux camps.

Le regard des Parisiennes scintillait à la vue de ce jeune résistant, magnifique et mystérieux, qui avait trompé la mort. Le récit de ses combats et de son repli dans la grotte avec Jean Prévost, alias Goderville, circulait – même s'il n'en disait pas un mot. Il ne pouvait d'ailleurs pas expliquer, ou même décrire à ses amis ce qu'il avait vu et vécu. Tout de son expérience lui semblait inopportun et indicible. Le survivant vivait une éprouvante solitude en pleine fête de la Libération. Seul Jorge Semprun, qui revenait de Buchenwald après avoir combattu dans le maquis de Bourgogne, semblait à même de le comprendre, par l'expérience commune de la mort et de la clandestinité.

Simon se rappelait obsessionnellement le dernier échange qu'il avait eu avec Goderville, avant de s'extirper de la grotte. Il lui avait demandé :

« Que pensez-vous qu'il y ait de plus beau dans la vie ? »

Jean Prévost avait réfléchi et lui avait lâché :

« Périr inachevé. »

Les hommes l'admiraient. Une étoile le guidait, c'était visible. L'avenir lui appartenait.

« Qui n'a pas connu Saint-Germain-des-Prés à la Libération n'aura pas connu la richesse, l'intensité, la passion de vivre », parodiait son ami Semprun. « Nous avions vingt ans et avions donc assis la beauté sur nos genoux. »

Le 12 septembre 1944, Jacques Duhamel, un ami de la famille travaillant pour la Croix-Rouge, proposa à Marie-Pierre de l'accompagner afin de tenter de voir May, qui avait été transférée à Drancy. Elle partit avec lui un matin, munie d'un laissez-passer pour les barrages de FFI, ainsi que de victuailles et d'affaires de rechange.

On entrait par une succession de grilles dans l'enceinte du bâtiment. Chaque fenêtre avait vu des enfants et adultes juifs expédiés à la mort dans les camps nazis. La plupart des déportés y étaient partis par des convois. Les enfants y dormaient sur la paillasse. Ils changeaient de chambre à chaque départ vers l'inconnu. Un jour, ils étaient placés dans la dernière chambre avec d'autres enfants pour un départ le lendemain. Au mois d'août 1942, un regroupement d'enfants, entre deux et seize ans, dont les parents avaient été déjà déportés, convergèrent vers Drancy, avant d'être envoyés à la mort. Le dernier convoi parti pour Auschwitz datait tout juste du 17 août.

La cour rectangulaire du camp rassemblait des personnalités du monde des lettres et du spectacle. La silhouette d'insecte de May apparut dans l'essaim. Elle se tenait là, une cigarette à la main, au milieu d'une troupe grise sans foi ni loi qui encerclait Sacha Guitry. Une détresse profonde, en même temps que le soulagement, submergèrent Marie-Pierre. Il n'était pas question de l'approcher. La Croix-Rouge lui apprit que sa mère partageait une cellule avec Nine de Polignac.

Les persécuteurs succédaient à leurs victimes. Marie-Pierre était hantée par des réminiscences de 1942. Elle ne cessait de penser à cet après-midi passé à Brissac, en compagnie de Josée, aux rafles et à l'envoi des familles juives, pratiquement au même moment, dans ce lieu de mort ; aux tentatives désespérées de mondaines d'intervenir auprès de Josée et d'interrompre la déportation d'une parente ou d'un ami. Valdetta de Schonen plaidant la cause d'une amie, Micheline Lévy, et de sa sœur jumelle, qui se rapprochaient inexorablement de la dernière chambre menant au convoi du lendemain, en suppliant de ne pas être du départ des « jeunes ».

Pour l'heure, ils se préoccupaient d'identifier le dossier de May, que personne ne trouvait, ni ici ni à Alger. Armand et Lucienne Salacrou, Gaston Palewski et Gilles Barratier tentaient de la faire libérer.

Toute la domesticité des deux hôtels s'était enfuie du jour au lendemain. Dans le grand salon, les habitants du 36 se retrouvaient face à eux-mêmes. Le damier urbain qui avait composé l'enfance de Marie-Pierre et Bobby s'était décomposé. Ils recevaient du matin au soir des coups de téléphone injurieux sur l'appareil qui trônait sur le bureau de Pierre. Les Équipes sociales firent savoir à la jeune volontaire que, compte tenu de la situation de sa mère, elle n'était plus la bienvenue. Marie-Pierre tâchait de réconforter Granny, au désespoir pour la sécurité de May, et obtint de son père qu'il prenne un remontant. Il était lui-même inculpé d'atteinte à la sûreté extérieure de l'État. Plus que jamais la mise en scène grandiose du 36 lui semblait macabre, avec le grand salon vidé de son personnel, de ses invités, et les vases de leurs somptueuses compositions. Marie-Pierre était fatiguée à en pleurer. Et pourtant, elle devait chercher du ravitaillement dans tout Paris.

Son oncle, Charles Schneider, célébré après une résistance exemplaire au Creusot, arriva le soir même au 36. Pour sa mère, il avait pris la décision la plus difficile de sa vie : soutenir les démarches en faveur de la libération de sa demi-sœur en faisant jouer ses relations au gouvernement provisoire.

May fut de retour le 28 septembre à six heures et demie du soir.

Paris était un animal qui s'étirait après une longue hibernation. Son corps était parcouru de tressaillements secs. Dans les boulevards, la fête coexistait avec les pleurs, les retrouvailles avec le deuil, la gloire avec la déchéance. Chacun retrouvait la volupté de circuler dans des rues qui avaient recouvré leur identité, une fois les pancartes allemandes arrachées et brûlées. Drapeaux tricolores, bandes de tissu aux couleurs nationales étaient accrochées au balcon, cocardes arborées sur les robes, sur les vestes et dans les cheveux. Si un combat forcené se poursuivait à l'est, les Parisiens étaient laissés avec l'écume des derniers jours. La Libération les livrait, après une euphorie magnifique, au désarroi provoqué par le rationnement, les règlements de comptes et par la crainte d'une révolution communiste ou d'une troisième guerre mondiale.

La victoire apparaissait maintenant avec l'impeccable netteté d'un processus chimique. Le pays avait pris le visage de ceux et celles qui avaient combattu pour sa survie et jeté bas les masques des usurpateurs. La descente éclatante du général de Gaulle, accompagné du général Leclerc, sur les Champs-Élysées, avait porté un coup fatal au monde du 36. En quelques semaines, ses habitués avaient été fusillés, suicidés, cachés ou bannis.

La France de la Libération enfantait un nouvel avenir dans la douleur. Marie-Pierre ne cessait de se rappeler, de manière hypnotique, la dernière visite au 36 de Pierre Drieu la Rochelle, le visage blême, une mitraillette cachée sous son imperméable. Aux premières déchirures de la Libération, il avait refusé de se cacher ou de fuir, malgré les propositions d'aide d'André Malraux et d'Aragon.

Réussite de sa deuxième tentative de suicide six mois plus tard ; Josée et son mari cachés à la campagne par des amis, prenant la fausse identité de réfugiés normands sous le nom de Jacqueline et Robert Gosset ; après le dernier conseil des ministres de Vichy le 17 août 1944, les parents de Josée emmenés à Sigmaringen, escortés d'Otto Abetz et d'une voiture de la Gestapo ; Pierre Laval, après une vaine tentative d'empoisonnement, fusillé en octobre 1945 après sa condamnation à la peine de mort, à l'indignité nationale et à la confiscation de ses biens. Charles Maurras condamné début 1945 à la réclusion criminelle à perpétuité et à la dégradation nationale ; Arletty, enfuie, écrivant à la mère de Renée de Chambrun : « Je reste actuellement confinée dans le grand silence d'une retraite campagnarde où j'essaie d'oublier le plus possible les dures épreuves que j'ai dû traverser. » Coco Chanel, exilée sur les hauts de Lausanne, après une confrontation avec les FFI en septembre 1944…

Marie-Pierre assistait au spectacle de ses parents placés devant le miroir de la honte, invoquant l'injustice, chargeant les juifs de leur déchéance et clamant leur soutien à Pétain. Au moment de partir pour l'Allemagne, le père de Josée n'avait-il pas confié à un industriel qu'il avait fait libérer : « Vous direz au général de Gaulle qu'il ne sera grand que s'il est clément et vous ajouterez qu'il était plus facile de tenir le micro à Londres que la queue de la poêle en France » ?

Leurs vies étaient dorénavant suspendues à l'espoir de la paix et de la reconstruction. La plupart des familles attendaient le retour de parents emprisonnés, déportés ou exilés depuis des années. Des dizaines de milliers de rapatriés rentraient à Paris chaque jour. À l'hôtel Lutetia, des adolescents volontaires portaient dans leurs bras des rescapés des camps de concentration, pesant moins de quarante kilos, en tenue rayée, barbus et couverts de poux. Ni eux ni les prisonniers de guerre ne comprenaient le processus des élections à l'œuvre. Ils ne savaient rien de la Résistance. Le ravitaillement, les prix et la valeur de l'argent, tout leur était devenu inconnu. Des efforts sans mesures attendaient une population laminée par cinquante mois d'occupation.

Marie-Pierre ne voulait qu'une chose, quitter le 36, vivre sa jeunesse et réaliser ses ambitions.

Mineure et minorée, elle craignait de ne jamais pouvoir sortir du labyrinthe du cours Albert-Ier.

Au printemps 1946, Marie-Pierre se rendit au rond-point des Champs-Élysées devant les panneaux d'affichage du *Figaro* qui annonçaient les résultats du référendum sur une nouvelle constitution. Elle ne s'en faisait aucune idée précise, hormis que le général de Gaulle s'y était opposé. Elle sortait, une fois de plus, d'une discussion tumultueuse avec sa mère qui faisait obstacle à ses projets de préparation du concours de l'agrégation. « Votre chambre vient d'être refaite par un décorateur », lui disait-elle, comme si cela pouvait changer quelque chose à ses aspirations. Elle avait rendez-vous avec un ami, Maurice d'Amécourt.

Un homme brun aux yeux gris-vert apparut devant elle. Il portait une veste de chèvre retournée qui formait un col de fourrure autour de son cou. « Je te présente Simon Nora », lui dit Maurice. « Nous faisons partie de la même promotion à l'ENA. Nous préparons ensemble le concours de l'Inspection. »

Entendu parler de lui dans les cercles d'étudiants. Eu vent de son intelligence hors norme. De sa résistance dans le Vercors qu'il taisait. Connu pour sa détermination à servir la France et à rejoindre l'Inspection des Finances, renommée pour avoir été, avant-guerre, antisémite par cooptation. Pratiquement aucun juif n'y avait été admis. Nimbé d'une aura particulière ; il avait vécu l'histoire, peut-être même l'avait-il faite. Son prestige parmi eux était immense.

Frappée de plein fouet.

Simon était d'une beauté évidente, un grand front en dévers qui contrastait avec une mâchoire assez ronde, un regard amusé et chaleureux qui perçait sous d'épais sourcils arrondis. Une tête d'empereur romain. Des gestes doux. Ils s'assirent dans un café enfumé et bruyant ; elle ne savait que dire. Il conversa un peu avec Maurice, puis se tourna vers elle et lui dit :

« Alors, ça vous intéresse, la politique ?

– Un peu, j'essaie de m'y mettre. »

Elle lui raconta qu'elle avait été engagée comme rédactrice au ministère des Affaires étrangères grâce à sa licence d'histoire.

Ce qui le rendait d'emblée séduisant était sa sensibilité évidente, la mobilisation entière de son attention pour la personne qu'il avait en face de lui. Cet homme avait une manière de composer la discussion et de l'investir qui tranchait avec tout ce qu'elle connaissait. Pas de représentation, pas de jeu. Il était lui-même et l'on ne pouvait donc que se révéler sans détour.

De cet ange masculin émanait un respect, en même temps qu'une compréhension qui s'imposait non par la puissance, mais par l'esprit. Marie-Pierre ressentait sa douceur lestée de gravité. Tout exprimait chez lui une lucidité affranchie des influences, en même temps qu'un sentiment de fraternité. Elle décelait pourtant quelque chose de fragile, une inquiétude, qui le rendait d'autant plus attirant. Elle le contemplait qui discutait avec Maurice avant de poser son regard sur elle. Un homme s'intéressait à elle, à son histoire, ses dons, ses espoirs.

Ils échangèrent, tous trois, des propos de circonstance sur le référendum. Le pays assistait à un déferlement de décisions. Tous avaient le sentiment de suivre l'histoire en marche accélérée. Simon évoqua le long travail de maturation, mené à Uriage et dans les maquis, qui avait contribué à faire naître le projet d'une école d'administration.

Le soleil se voilait de filaments crépusculaires. Il était tard, beaucoup trop tard. On attendait Marie-Pierre au 36 de manière imminente ; sa crainte de remontrances parentales ressurgit. Maurice partit vers la place de la Concorde. « Si nous allions marcher ? », lui dit Simon. Ils se dirigèrent vers les Champs-Élysées, au milieu des passants pressés de rentrer chez eux, jusqu'à la bifurcation sur l'avenue Georges-V, livrée à une semi-obscurité par le manque d'électricité. Ils devisaient de la guerre – Simon lui racontant la sienne, elle restant évasive. Elle craignait de compromettre la magie de cette rencontre, et suppliait le destin de lui accorder une chance.

Ils suivirent un chemin irrésistible comme dans un rêve et, sans avoir besoin de parler, sans l'avoir même décidé, ils se retrouvèrent face au 36. La porte monumentale s'ouvrit sans un bruit sous le porche. Comment osa-t-elle ? Simon lui prit la main et ils montèrent, marche après marche, de manière tout aussi énigmatique, dans l'hôtel curieusement endormi, comme si tous ses habitants avaient été figés par les lois du désir. La jeune femme n'avait plus aucune censure, aucune règle n'allait plus jamais s'appliquer à elle. Au beau milieu du salon vert, ils s'étreignirent avec délicatesse. Les feux des péniches balayaient leurs silhouettes. Marie-Pierre étincelait dans la nuit. Simon la prit dans ses bras et l'emmena dans sa chambre de jeune fille.

Peu avant l'aube, il croisa et salua avec courtoisie la femme de chambre de May qui venait prendre son service – et répandrait la nouvelle comme une traînée de poudre.

Sans surprise, à cette annonce, ses parents se montrèrent abasourdis, puis incrédules, et enfin furieux. Mille questions fusèrent sur Simon, sur les circonstances de leur rencontre, ses origines, sa famille, sa religion et ses opinions, avant de manifester un désaccord irréductible. Ulcérée, May sortit de la pièce. « Venant d'où tu viens, tu ne peux pas fréquenter un juif, Marie-Pierre ! », tonna Pierre avec véhémence. Sa fille ne comprenait pas comment des considérations aussi bêtes pouvaient les traverser, alors que Simon était l'homme le plus extraordinaire qu'elle eût la chance de connaître. N'était-il pas un héros des maquis, qui s'était battu pour libérer la France, un homme doué de tous les talents, fort de toutes les valeurs ? Son courage et sa beauté le rendaient, à ses yeux, d'essence quasi divine. Immergée dans un océan amoureux, elle percevait les cris de ses parents comme assourdis par l'eau…

Elle fut chaque jour soumise à la question. Avait-elle revu ce jeune homme, et si oui où, quand et comment ? May, après s'être montrée complice, voire fraternelle, redevint inquisitrice, sans vergogne, fouillant les affaires de sa fille, alternant indulgence et intimidation. Elles passaient leurs soirées, jusque tard la nuit, à parler du rôle des hommes dans la vie des femmes, et inversement. May lui proposa de lui octroyer une dot plus importante que prévu. Elle avait appris, par ailleurs, que Nora signifiait Aron, ce qui la rendait d'autant plus suspicieuse. Marie-Pierre tenta de lui expliquer que la permutation des lettres des noms juifs au XVIIIe siècle avait été monnaie courante dans la tradition de l'exégèse biblique. Comme Simon le lui avait expliqué, Nora était, en fait, un retour aux sources sacerdotales, signifiant en hébreu, « le redoutable ». May la regarda avec stupeur. Sa fille devenait experte en judéité… Son père, lui, adopta son ton protecteur habituel.

« Ma cocotte, crois-moi, tu n'as pas encore beaucoup d'expérience, il ne faut pas se précipiter dans les bras du premier venu. Tu ne te rends pas compte de ce que tu représentes aux yeux du monde… » Il la prit dans ses bras et lui passa les mains dans les cheveux. « Ma petite fille, tu es si belle, si douée et si exceptionnelle. Tu mérites un gentilhomme. Tu dois aussi te rendre compte d'une chose : la vie est tumultueuse et longue. Un couple est un compagnonnage ardu, c'est vrai, mais puissant. Le seul amour, c'est celui qui construit. Et cela aide de vivre avec une personne qui a des usages communs et de la fortune. Il faut que tu voies tout cela à très long terme, et imagines tes enfants et leur cousinage, le temps partagé avec ta belle-famille, les moments heureux, les éventuels coups durs... Je serais vraiment soulagé si tu renonçais à fréquenter ce garçon, aussi valeureux soit-il, ce n'est pas la question. Ce serait une preuve d'amour, non seulement pour nous, mais aussi pour lui. Il ne pourra pas être heureux dans notre univers. Je te dis cela avec toute la sincérité et l'affection dont un père est capable. » Et il la serra doucement contre lui.

Ayant surmonté ses excès d'adolescente, la jeune femme était devenue désirable et désirée. May l'emmena prestement s'habiller chez Schiaparelli et chez Chanel. Rien ne pouvait lui faire plus plaisir. Coco, revenue d'exil, se tenait en haut de son escalier, rue Cambon, dotée de son fume-cigarette, toisant Marie-Pierre d'une morgue élégante. Dans la cabine, sous les yeux de lynx de la couturière, des dizaines de petites mains virevoltaient, mesurant le buste de la jeune femme, ses épaules, ses hanches afin de la sertir, tel un joyau inégalable, de tailleurs, de manteaux, de capes, de robes du soir – taffetas et imprimés –, et même de négligés de soie avec pantoufles à boas... Une belle de jour et un oiseau de nuit. Elle serait magnifiée. Bras dessus, bras dessous, May et Coco contemplaient leur œuvre commune avec ravissement, certaines de l'issue de leur entreprise. Marie-Pierre était, enfin, devenue une femme – selon leurs canons.

Chaque thé ou déjeuner faisait désormais l'objet de présentations à une cadence industrielle. La jeune héritière restait interloquée à la vue, dans le grand salon, d'un défilé de jeunes gens de bonne famille, mais également de partis improbables, séducteurs notoires, veufs ou « vieux garçons », comme on disait.

Quelques semaines après leur rencontre, Simon vint la chercher pour l'emmener déjeuner. May sortait assister aux courses à Auteuil au moment même où il entrait dans le hall du 36. Marie-Pierre le présenta donc à sa mère. Il lui tendit la main. Le dévisageant avec effarement, celle-ci s'engouffra sans un mot, une voilette dissimulant ses yeux, dans la Citroën spacieuse qui l'attendait. Marie-Pierre toqua à la vitre, qui resta obstinément fermée. Simon lui prit le bras avec une gentillesse qui n'était pas de la résignation.

Lors du déjeuner, elle le suivit comme lors d'une marche feutrée et délicate sur des terres inconnues. L'intuition, l'expérience, la sensibilité de Simon lui donnaient un jugement sans détour sur les gens et sur les situations. Il lui parlait d'économie. Peut-être la planification et la nationalisation pouvaient-elles être économiquement justifiées, contrairement à tout ce qu'elle pensait. On n'était jamais assez informé, assez soucieux de comprendre, pensa-t-elle.

Ils parlaient ainsi tranquillement de la reconstruction du pays, quand Simon s'interrompit, au beau milieu de la conversation. Son beau visage, marqué par une calvitie naissante, se tendit. Son regard s'assombrit ; elle y vit soudain un abîme insoupçonnable, une noyade intérieure.

« Je te dois une vérité, Marie, un récit que je n'ai jamais eu le courage de confier. Après l'identification des corps suppliciés de Prévost et de nos camarades, deux jours après la tuerie au Pont Charvet, c'est moi qui ai accompagné leur dépouille dans la charrette qui les menait à leur sépulture. Leurs doigts avaient été mutilés, les Allemands ayant pris soin de leur voler leurs bagues. Ce chemin n'en finit pas de se poursuivre... » Simon s'arrêta un long moment et lui prit les mains, qu'il apposa sur ses tempes. « J'ai mal, Marie, depuis ce jour, beaucoup de mal. Je ne suis pas un survivant du Vercors, comme chacun semble ici le penser... Je me sens, comment te dire, en sursis... de nuit comme de jour. Pourquoi eux, pourquoi pas moi ? Comment assister aujourd'hui à cette vie parisienne inchangée, qui reprend ses droits dans un avenir pacifié, après avoir assisté à des atrocités que personne n'a le courage de décrire ? L'extraordinaire ambiance festive que nous vivons me rappelle tous les jours cette injustice, le devoir de reconstruction et la disparition de ceux et celles dont la vie a été criminellement ôtée. Il va falloir que tu m'aides pour guérir de la mort. Beaucoup. Tout cela prendra du temps. T'en rends-tu compte ? T'en sens-tu capable ? »

Marie-Pierre se sentait impuissante, mais l'aveu de Simon lui fit prendre conscience de sa souffrance et de sa propre responsabilité. Son amour était jeune, mais total. Elle ne put que l'écouter et l'étreindre doucement comme si leur passion pouvait l'emporter sur la fatalité de l'histoire.

Elle ne désirait à présent qu'une chose, le voir. La jeune héritière était devenue imperméable aux antiennes culpabilisatrices, indifférente aux manèges des tantes, des cousins, des amis de la famille, sourde à toute menace de déclassement ou d'ostracisme. Tout un système de défense social s'était mis en ordre de marche. Sa tante Jeannette, qui avait épousé un prince allemand et se spécialisait dans la pêche à la truite et dans l'art des jardins, lui prédit qu'elle aurait des enfants anormaux. Le chanoine Clamorgan, qu'elle alla voir avec Simon, refusa de célébrer leur mariage dans l'enceinte de l'église et les engagea, avant tout, à élever leurs enfants dans la religion catholique… Son père lui répétait : « Tu peux tout faire, sauf épouser un juif. Nous sommes une des seules familles de la noblesse française à ne pas être enjuivée. Regarde les X, les Y, les Z… »

Marie-Pierre s'était aussi rendu compte qu'elle était libre de tout faire. Rédactrice au ministère des Affaires étrangères, elle était plus autonome qu'auparavant, bien que mineure. Elle aurait vingt et un ans le 12 novembre. C'était, pour elle, un sentiment extraordinaire de réaliser qu'elle ne dépendait que d'elle-même. Elle envisageait très sérieusement de chercher une chambre et de vivre de son salaire ; et se préparait mentalement à ce que pouvait représenter une telle existence.

La famille de Simon l'accueillit avec une curiosité bienveillante. Il régnait, dans leur appartement de la rue La Boétie, une solidarité incroyable qui réduisait tous ces préjugés à ce qu'ils étaient, de vulgaires et criminelles sottises. Un soir, Simon, contre toute attente, lui proposa de se fiancer, ce qu'elle accepta, transportée d'avoir été élue par l'homme qu'elle aimait et admirait. Ils célébrèrent cette nouvelle avec les parents et les frères et sœur de Simon. Marie-Pierre était extraordinairement heureuse. Elle avait l'impression d'entrer dans les grands domaines, dont elle rêvait enfant.

En juillet, le ministère des Affaires étrangères dépêcha Marie-Pierre à une conférence internationale en Tchécoslovaquie afin d'en rapporter les grandes lignes. Elle ressentit une grande douceur, dans les cahots du train, à l'idée de consacrer sa vie à Simon. À Prague, elle trouva de belles serviettes en lin, des verres extrêmement polis. Elle regarda beaucoup avant de se décider.

Le soir, ne voulant pas dîner, elle demanda de l'eau chaude pour se faire du thé; on lui apporta en outre du pain blanc avec du beurre et du jambon léger, gras et merveilleux. Elle avait taché sa robe blanche avec des étoiles rouges, l'avait nettoyée à la benzine, s'était lavé les cheveux, etc. Tout cela en pensant à Simon, à la vie qu'ils pourraient mener et aux confidences qu'il lui avait faites sur la difficulté de s'adapter à une vie normale après trois années de guerre.

Rien n'était plus facile qu'un départ quand il était bien organisé. Ce qui la frappait, c'était à quel point elle se sentait enfin elle-même, malgré les admonestations.

Vraiment, le départ avec Simon était chose simple.

Une bise violente faisait vaciller les parasols pliés sur la terrasse du *Lémania* à Ouchy : l'été ne s'annonçait pas sous les meilleurs auspices. Le jour brunissait et un bruit de cliquetis donnait au lac Léman une atmosphère océanique.

Paul et May, emmitouflés dans leurs pelisses de fourrure, s'engouffrèrent dans le dancing en vogue, déserté en semaine. Ils se retrouvaient après de longs mois de séparation et des communications aléatoires. La France et la Suisse reprenaient leurs relations frontalières antérieures, mauvais sujets, valises lestées, échange de bons procédés. Paul avait bravé l'assignation dont il faisait l'objet à Vevey.

May demanda au maître d'hôtel de servir une bouteille de Clicquot qu'elle avait calée dans son bagage à main à la descente du wagon à Lausanne. Malgré son sourire appliqué, Paul remarqua chez elle une fébrilité inhabituelle. Les traits tirés, May avait une expression maussade qu'accentuait son léger bec de lièvre. Elle était néanmoins irrésistible, habillée d'une robe de soie Patou, un minois de chatte et des yeux d'émeraude. Il posa sa main sur la sienne et l'interrogea. Elle lui répondit d'un regard las.

« Pendant mon voyage en Italie, Marie-Pierre s'est fiancée en cachette avec un jeune juif. Il s'appelle Nora... Simon Nora. C'est le fils d'un chirurgien réputé à Paris. Le connaissez-vous ?

– Oui, bien sûr, j'en ai entendu parler. Le docteur Nora est un urologue très connu. De plus, c'est un juif dont la propriété touche la mienne aux Hayes, le monde est petit. Il est connu là-bas sous le nom du juif polonais. Je m'étais même rendu à son domicile, en 1942, afin de savoir s'il avait disparu ou si son bien était à vendre, mais il n'avait pas été inquiété, raconta Paul. Où diable a-t-elle pu le rencontrer ?

– Un ami commun les a présentés le jour des résultats du référendum au printemps.

– Que voulez-vous, mon amie, c'est la carie de toute la société française qui atteint cette fois une famille dénué de sang juif. Tout cela est normal. C'est le résultat de cinq ans de radio-gaullisme et de fréquentations de juifs. Après tout, ce sont nos vainqueurs, pourquoi ne choisiraient-ils pas les plus belles filles ?

– Si vous saviez comme Marie-Pierre a changé... Hier, une enfant obéissante, studieuse, charmante – bien qu'un peu enrobée. Aujourd'hui, une effrontée qui ne rêve que d'émancipation, se conduit mal dans nos cercles, nous fait honte, même, et veut épouser qui elle souhaite ! Après tout ce que nous avons fait pour elle !

– Et comme celle-ci s'est prolétarisée en allant travailler, par mode, dans un ministère, alors qu'elle n'en avait pas besoin, tout ce qui arrive est absolument normal…

– Heureusement, poursuivit May, elle ne peut se marier avant novembre sans notre accord. Et je lui ai assuré que, si elle passait outre, elle n'aurait évidemment pas un sou. Mais savez-vous, alors, ce qu'elle a eu l'outrecuidance de me répondre ? »

Paul Morand avait toujours été frappé par la curiosité intellectuelle de la fille aînée de May, qu'il connaissait depuis l'enfance – une surdouée qui dévorait trois livres par semaine, comme son père. On racontait que Pierre avait été un enfant précoce, en particulier en mathématiques, qu'il étudiait seul pendant les chasses à courre données par la duchesse d'Uzès, sa grand-mère. Il répétait des formules de trigonométrie pendant les hallalis. À la surprise générale, il avait réussi à dix-huit ans le concours de Polytechnique sans préparation. Marie-Pierre avait ces mêmes capacités. Elle était une intellectuelle sans intelligence naturelle, sa mère exactement le contraire. Il réfléchit. May se souciait par-dessus tout de l'avenir de ses enfants. Elle avait consacré toute sa puissance et sa fortune à faire d'eux les dignes héritiers d'une lignée qui remontait à Du Guesclin. Elle avait pris en charge leur éducation, leurs lectures, leur santé, leur avenir – moins, sans doute, leurs émotions. Mais comment transmettre un amour que l'on n'a jamais reçu ?

Il connaissait l'écueil sur lequel butait May depuis sa naissance. Une violente guerre de succession l'avait opposée à ses demi-frères, en conflit avec leur père. L'enfant interdite s'était retrouvée au milieu du champ de tir. Antoinette avait adoré sa fille, mais n'avait représenté pour la petite May qu'une femme futile, éprise de sa propre beauté. Adulte, May avait forgé ses enfants avec la même rigueur et la même ténacité que les locomotives des usines du Creusot. Ils étaient son œuvre. Pierre n'avait jamais su se projeter dans la moindre ambition, en particulier concernant sa progéniture. Comment Marie-Pierre, cette jeune fille si éduquée, apparemment responsable, avait-elle pu s'enticher d'un petit juifon crépu et révolutionnaire, réfléchissait-il.

« Racontez-moi... reprit Paul en portant sa coupe de champagne aux lèvres, qui changeait du fendant local, aussi neutre que la Confédération helvétique.

– Eh bien... » May, ses doigts manipulant nerveusement une cigarette intacte, chuchota : « Marie-

Pierre a osé m'assener que j'avais un amant, qu'elle n'avait aucun respect pour moi, et que je ne l'avais jamais aimée… » Elle se redressa avec la hauteur sèche dont elle seule était capable. « Nous avions noué pourtant un tel lien après cette incarcération infamante… J'avais sincèrement pensé que ma fille pouvait être mon amie. Ensuite, elle est allée voir Pierre, qui lui a dit tout ce qu'il était possible de lui dire, dans les limites de la décence. Après quoi, il s'est, hélas, énervé et lui a promis que si elle avait des enfants juifs, elle se déclasserait et qu'il la chasserait ; et que, lorsqu'elle en aurait assez, il serait trop tard », ajouta-t-elle, les yeux immobiles, perdus dans l'horizon du lac. « À lui, bien qu'elle haïsse sa maîtresse, elle n'a fait aucune allusion. Que voulez-vous, ajouta-t-elle en se tournant vers Paul, avec un dépit mélancolique. Marie-Pierre est amoureuse de son père ! J'ai dit d'ailleurs à Pierre : "Tu devrais coucher avec elle". »

Leurs plats arrivèrent et ils s'interrompirent. Paul en profita pour allumer la cigarette de son amie. La lumière du briquet éclaira le grain de peau de sa joue. May avait une taille de guêpe et l'allure d'une jeune femme. Il était persuadé que Marie-Pierre était jalouse de sa mère si juvénile, coquette, attirant les regards et remportant tous les suffrages à Paris. Elle poursuivit.

« Marie-Pierre est possédée, vient parler sur mon lit jusqu'à trois heures du matin. En réalité, c'est un long monologue. Elle se parle à elle-même. Elle écrit son journal, qu'elle laisse ouvert sur sa table. Nous ne manquons naturellement pas de le lire, et apprenons ainsi qu'après nous avoir promis de ne pas revoir le jeune homme, elle lui a téléphoné. Puis celui-ci se fait présenter par surprise ; je lui refuse donc ma main. Je l'ai dit à Marie-Pierre : tu vois bien là le juif, le manque de dignité. »

Paul leva les sourcils au ciel et demanda au maître d'hôtel un verre de cognac.

« Si je comprends bien, Marie-Pierre est passée en un mois d'une propagande de droite aux idées les plus avancées sous l'influence de ce juif.

– Elle a même demandé à Armand de la faire entrer au Parti communiste ! Salacrou l'a rabrouée vertement... Il lui a expliqué qu'elle ne serait jamais acceptée par les rouges. Ils la considéreraient toujours comme une bourgeoise. Le pire est que la chose s'ébruite à Paris. Vous imaginez bien que les mères du gratin sont ravies de voir hors de course le plus beau parti de France... Pour mon autre fille, j'ai compris. À seize ans, elle sera mariée.

– Que voulez-vous, May, c'est là un phénomène social consécutif à l'occupation juive de la France. Votre fille est victime du vainqueur. Votre famille de marchands de canons est pourrie. »

Marie-Pierre passa une journée de détente imprévue après avoir assisté à la semaine de conférence sur le monde libre et sur les rapports entre les vainqueurs de la guerre. L'Europe basculait dans une nouvelle ère, alors que les États-Unis envisageaient tout juste un projet d'aide sans précédent pour hâter sa reconstruction. On parlait beaucoup d'un plan, exposé par le général George Marshall, qui permettrait à l'Europe de reprendre le contrôle de son destin, et provoquait la fureur des vainqueurs de l'est qui voyaient leur conquête leur échapper, tel un plat fumant au cours d'un abominable festin.

Il faisait une chaleur envoûtante comme l'Europe centrale peut la connaître. Le chic de la représentante française, doublé de sa maîtrise parfaite de l'anglais et de l'allemand, agissait tel un sortilège sur certains des participants. La jeune Française ressentait de l'ivresse à exercer son pouvoir de séduction, comme un pilote prend en main un nouveau bolide. L'hôte de leur délégation, un Tchèque bruni aux yeux de saphir, qui avait deux fois son âge, l'accueillit avec des yeux écarquillés et l'invita à découvrir une propriété à Chlumec, où sa famille élevait des chevaux depuis des générations. Une proposition irrésistible pour une apprentie diplomate et une cavalière émérite.

Ils pénétrèrent dans un domaine qui ressemblait à un pays à lui seul, plaines et bois striés d'allées. Au loin, des hordes de chevaux qui vivaient une vie collective relevèrent leur encolure à l'arrivée wagnérienne de la magistrale Skoda. Quelques poulains, tâtonnant sur leurs échasses, s'avancèrent vers eux avec curiosité. Le Tchèque entraîna prestement la jeune Française vers les écuries. À peine s'était-elle changée en jodhpur et en bottes dans des écuries somptuaires qu'un groom lui mit le pied à l'étrier. La conférencière et son hôte partirent alors, côte à côte, sur un chemin qui menait à un plateau. Le seigneur des lieux engagea leur monture dans un canter régulier à travers une plaine. Puis, sans lui parler, ayant constaté la dextérité de son équipière, il accéléra, les entraînant dans une ferveur inconnue.

Se prenant au jeu, les chevaux s'aplatissaient à la manière de lévriers, cherchant à se doubler, taquins, joueurs, survolant avec allégresse talus et fossés, bondissant au-dessus des taupinières, leurs forces irrésistiblement jetées dans la course. Marie-Pierre ne voyait plus, dans leur propulsion, que leurs antérieurs battre l'air en accéléré. Elle ne parvenait pas à retenir son cheval, devenu indifférent aux inflexions des rênes. Les cavaliers furent incapables de freiner à l'orée d'un bois, oscillant à la manière d'un peloton de cyclistes au gré des différentes bifurcations qui s'offraient à eux. La cavalière avait perdu le contrôle de la direction de sa monture, les chevaux s'autorisant à suivre un circuit aussi familier qu'impérieux.

Marie-Pierre s'aperçut alors qu'elle avait perdu un étrier, et dû serrer son entrejambe, ce qui fit redoubler son cheval d'ardeur. Son compagnon prit cela pour un défi et accéléra d'autant plus la cadence. Filant à travers les arbres, elle cherchait surtout à échapper aux branchages, le cosaque prenant plaisir à les diriger dans des sous-bois obscurs. Une branche la gifla. La galopade ne connut aucune interruption et elle priait pour que leurs montures ne butent sur aucun obstacle naturel.

Ils s'arrêtèrent, enfin, au soulagement de la jeune femme. Elle était éreintée par l'effort.

Un lac, ombragé par des joncs caressant ses rives d'argile, apparut dans une tranquille majesté.

Une voiture les attendait avec un dîner, une table était dressée. Personne ne semblait présent aux alentours.

Ils attachèrent leurs chevaux à un arbre et s'avancèrent vers la table. Mais, à la stupeur de la jeune femme, le Tchèque s'orienta vers le lac et se dénuda d'un geste. Son torse, perlé de sueur, paraissait de marbre. Sans la regarder, il s'évanouit dans la fraîcheur d'une eau de soie. Puis il se retourna en lui tendant la main. La voûte céleste laissait entrevoir la lune montante. Marie-Pierre décida de plonger à son tour...

Le lendemain, dans le train cahotant vers Paris, la grandeur de la nature environnante l'apaisait après ce séjour plein de contradictions... Elle se rendait compte qu'avec Simon, et avec lui seul, parce qu'il les connaissait aussi bien qu'elle, ses paradoxes seraient surmontés. Elle avait, au-delà de toutes les forces dont elle croyait disposer, une immense confiance en lui, sans aucune idéalisation.

Les semaines suivantes, May l'emmena visiter la Suède au cours d'une croisière. Elle sentait sa mère la scruter, tenter de lire ses pensées et ses émotions. Cela faisait presque deux mois qu'elle n'avait pas vu Simon et la perspective de leurs retrouvailles maintenant l'obsédait.

À son retour mi-septembre, le 36 lui fit l'impression d'une insupportable régression. Le personnel était revenu prendre ses ordres. May avait relancé ses après-midi, certes épurés, mais toujours aussi garnis, les restrictions d'après-guerre incitant la meilleure société à fréquenter les bonnes tables. Le juge d'instruction, qui avait inculpé Pierre, lui avait finalement serré la main. Ce dernier avait assigné le gouvernement devant le Conseil d'État. Cent mille francs seraient versés à May en réparation pour son incarcération. Le duc et la duchesse de Brissac poursuivaient la même vie mondaine qu'autrefois et une saison de vénerie prometteuse les attendait, grâce aux chevaux cédés à la va-vite par les Allemands au moment de leur retraite.

Une sanction mondaine était notable : ils n'étaient plus invités à la *Christmas party* de l'ambassade d'Angleterre.

Le 18 septembre 1946, le docteur Gaston Nora proposa à Pierre une discussion de père à père sur la liaison de leurs enfants ; mais n'ayant obtenu aucun retour du duc de Brissac, il se résigna à lui envoyer cette missive.

Monsieur,

Une conversation entre nous aurait été souhaitable. Je crains trop que vous ne compreniez l'importance que j'y attache. Trouvez donc ici l'objet de cet entretien désiré.

Vous êtes, Monsieur, profondément opposé à un avenir commun pour nos enfants. Je le comprends et plus encore que vous, je m'oppose à leur projet. Nos sentiments concordent donc.

Toute cette histoire est navrante. Marie-Pierre et Simon n'ont en commun que leur jeunesse, leur confiance en la vie et... en eux-mêmes. Ils font bon marché de ce qui les séparera.

C'est ce que je viens d'exposer longuement à mon fils. Il est loin d'accepter tous mes arguments. Mais j'ai obtenu de lui l'engagement que pendant six mois, il ne reverrait Marie-Pierre et éviterait toute occasion de la retrouver.

Je vous demande, Monsieur, d'obtenir de votre fille le même engagement. Il nous appartiendra d'employer les mois à venir pour amener l'oubli.

Si mon fils remplit loyalement ce contrat, et je n'en puis douter, je le laisserai libre ensuite d'agir, de tenter la réussite et de construire son bonheur sur un plan personnel auquel j'apporterai l'indulgence qu'il aura méritée.

Croyez, Monsieur, à mes sentiments distingués.

Nora

Marie-Pierre avait réussi à entendre la voix sereine de Simon au téléphone. Son père, la voyant l'après-midi même, lui déclara qu'elle était tout à fait transformée, « si différente des autres jours », et d'ailleurs la première fois qu'elle était joyeuse depuis la séparation. Mais, peu après, elle tomba dans une espèce d'eau morne. Elle se sentait incapable d'aller travailler au quai d'Orsay et se fit porter pâle.

Au bois de Boulogne, seuls les galops avec Quadrantal l'émerveillaient, mais elle en était épuisée, comme si jouir de toute belle émotion lui était interdit.

May la convainquit tout de même de l'accompagner, avec son frère, à un grand bal organisé par les Guinness à Deauville. Elle monta dans un train rempli d'invités euphoriques, armés de smokings, de robes de bal, de malles de bijoux et de joie de retrouver les belles fêtes.

Deauville – 24 septembre 1946
2 heures du matin
Tu ne peux savoir à quel point je souffre de ton absence. Après un dîner de gala très ennuyeux, j'ai retrouvé la bande mondaine de Paris dont la crème est ici. Ils ont voulu m'emmener, je n'ai pas pu leur refuser alors que leur ennui m'est pesant. J'ai beau m'y faire, décidément, ce n'est pas ce genre de choses qui m'amusent ; et je pense à toi, je pense à toi. Ta présence est quelque chose de si vital que je la perçois plus que je ne la sens. Mais ton absence m'ouvre alors des zones de souffrance si définies, si aiguës, que je m'étonne qu'une impression si douce puisse produire des manques si dévastateurs.

Lettre de Simon Nora à Pierre de Brissac
18 juillet 1946

Monsieur le Duc,

J'ai l'honneur de vous demander la main de votre fille Marie-Pierre. Admis à l'École nationale d'administration au sein de la promotion « France Combattante », je prépare le concours de l'inspection des Finances. Je suis déterminé à lui offrir de meilleures conditions de vie et à assurer son bonheur…

Lettre de Pierre de Brissac à Simon Nora
21 juillet 1946

Monsieur,

… J'ai bien reçu votre lettre me demandant la main de ma fille, Marie-Pierre. Vous êtes un brillant sujet et l'honorabilité de votre famille est hors de question. Cependant, avez-vous lu ce roman célèbre, La Grande

Brière ? *Il se passe en milieu rural et traite du drame d'un garçon qui veut épouser une fille d'un village voisin. Or nos « villages », si je puis dire, sont trop éloignés pour que je puisse jouer gagnant cette union…*

Un magma d'impressions et de tendances contradictoires constituait la vie intérieure de Marie-Pierre. D'une part, son expérience passée – ou plus exactement, une certaine conception du monde –, lui avait fait croire jusqu'alors que tout était « calcul », dans le « jeu de la vie », qu'il fallait chercher des places, une combinaison matrimoniale équitable, des amants, un certain nombre de distractions de tout ordre, dans la sécurité d'une position sociale bien établie.

La vie mondaine l'ennuyait, elle avait éprouvé ce qu'une liaison pouvait avoir de rencontres fortuites, de paradoxes. La jeune femme ne croyait plus à la stabilité d'aucune situation sociale. Elle avait incontestablement le goût du travail et du sérieux ; elle se pensait sincèrement intelligente, sans ignorer toutes les connaissances et la technique intellectuelle qui lui restaient à acquérir ; elle était indéniablement capable de mener à bon port des entreprises pratiques, une famille et une lignée ; elle se savait entière, assoiffée de dévotion et de dévouements.

Mais, pour le reste, l'incertitude emplissait son esprit. Ayant évité de se décider jusqu'à présent entre les différentes tendances qui la partageaient, elle avait résolu la question par l'ordre chronologique. Il lui était demandé sinon de choisir, du moins de sortir de son insouciance et de se déterminer.

Sur les raisons qui l'avaient poussée à connaître Simon et à l'apprécier, elle revenait difficilement. Elle les comprenait imparfaitement. Était-ce l'aura qui l'entourait, avant qu'elle ne le connaisse, était-ce tout ce qui les séparait, était-ce le goût de la révolte, du paradoxe ? Elle n'en savait rien.

La seule leçon que Marie-Pierre avait tirée des quatre années précédentes était de ne pas s'étonner de la vie et de l'imperfection de ses démarches. Il était étrange qu'au moment où elle avait enfin trouvé une certaine paix de l'âme, malgré sa relation ternie avec May, cette rencontre ait eu lieu, aussi imprévisible. En admettant que leur première nuit au 36 ait été gratuite, dans l'esprit de Simon ou du sien, pourquoi l'aventure avait-elle rebondi ?

Il y avait tout d'abord la séduction incontestable de Simon, tant par l'intelligence que par le charme. Il y avait eu aussi, de sa part, le sentiment qu'il était grand temps qu'elle se marie et quitte la maison de ses parents. Il y avait, enfin, une ferveur et une impulsivité qu'elle ne s'expliquait pas.

De la rapidité, de l'enchaînement des faits qui avaient abouti à leurs fiançailles, elle était, sans aucun doute, la responsable, l'acteur le plus involontaire et le plus conscient en même temps. Il y avait pour elle, une partie à gagner, et c'était fait sur le plan mathématique. Depuis, Marie-Pierre était passée par des phases catégoriques, courageuses, éprouvantes. Le problème concret ne se posait que maintenant.

Elle était face à lui; confrontation d'autant plus redoutable qu'elle était très jeune. Voilà qu'elle était en passe de définir son existence et de décider non seulement qu'il y avait des choses qu'elle préférerait, mais aussi qu'il y en avait d'autres auxquelles elle ne tenait pas…

Rester à Apremont et y réfléchir pendant vingt ans dans le silence n'y pourrait rien changer.

Malgré leurs promesses de ne pas se revoir, de respecter les codes de leur milieu, d'envisager rationnellement leur avenir, de se projeter avec réalisme dans les mille tracas d'une vie de couple, de prendre conscience du risque d'échec, de craindre de déshonorer leur famille et d'avoir des enfants anormaux, bref de rompre, selon les vœux exprimés par leurs parents respectifs, ils n'en firent rien.

Simon et Marie-Pierre se retrouvèrent, au beau milieu du mois d'octobre, dans le jardin des Tuileries aux abords de la Seine. Elle arrivait du 36 et le jeune homme, du Quartier latin. Vestiges des barricades de la Libération, les barbelés entravaient la promenade désertée par la crainte des mines. Ils marchaient simplement, tendus l'un vers l'autre, telles deux silhouettes de Giacometti. Ils se réunirent en un corps, en un baiser, en leur amour. Ils étaient maintenant seuls au monde et maîtres de leur destin, dans cette ville ouverte, qui avait défait le nazisme et en avait expulsé la laideur.

Il semblait à Marie-Pierre qu'elle n'avait jamais quitté Simon, qu'elle retrouvait son intégrité. Elle savait qu'il était l'homme qui lui correspondait pleinement. Elle l'aimait de tout son être et éprouvait un « sentiment qui va de soi » de vivre avec lui. Et c'était un émerveillement anxieux dont elle sentait en même temps tout le poids, à l'instant présent. Ils allèrent sur les quais acheter un tableau. Ensuite, ils se mirent en quête d'un logement. Tout ce qu'un jeune ménage entreprend normalement pour s'établir. Puis elle rangea ses livres. Que pouvait-il rester pour un départ ? Stendhal, Malraux, Proust.

Ils nomadisaient, d'une chambre prêtée à une autre. Dans leur génération, tous étaient avides de vivre leur jeunesse, emplis du désir de conquérir et de plaire, de connaître les plaisirs. Les adultes qui avaient trempé dans la guerre, y compris les héros, leur apparaissaient suspects. Leurs forces explosaient dans le cinéma et la musique, les boîtes de nuit, les fringues et dans la lecture de *L'Existentialisme est un humanisme*. Ils dînaient rue Saint-Benoît avec la bande des anciens du Vercors, mais aussi avec Jorge Semprun, Marguerite Duras, Robert Antelme et Edgar Morin. Une vie de la pensée et de la camaraderie, que Marie-Pierre ne soupçonnait pas, lui était révélée.

Elle ressentait à présent de la joie à la perspective de possibilités hautes. Elle avait hâte d'être enfin installée. La question de l'argent serait cependant épineuse. Elle devrait chercher des moyens de subsistance, donner des leçons d'anglais.

Aux dîners avec Granny et ses parents, elle avait l'impression que la pièce se jouait maintenant sans elle. Elle s'était détachée du Creusot et d'Apremont. On se détache de tout, pensait-elle.

10 octobre 1946

Monsieur,

Simon a revu Marie-Pierre.

On me dit votre accord. Puisqu'il en est ainsi, je ne puis évidemment demander à mon fils de tenir un engagement unilatéral.

J'accepte donc votre attitude qui est peut-être la plus sage.

Marie-Pierre et Simon prendront désormais la responsabilité de leur comportement.

Croyez, Monsieur, à mes sentiments les meilleurs.

Nora

24 octobre 1946

Je viens de recevoir une lettre de Marie-Pierre, une autre de Simon. J'aimerais vous en entretenir. Pouvez-vous me recevoir, préférez-vous venir chez moi ?

Croyez, Monsieur, en mes sentiments les meilleurs.
Nora

30 octobre 1946

Docteur,
J'ai reçu votre lettre du 24. Passerai à Paris le jeudi 3 et vous téléphonerai pour un entretien.
Veuillez croire, Docteur, en mes sentiments distingués.
Brissac

***

Le docteur Gaston Nora se présenta à l'heure dite au 36.

Habillé d'une veste d'intérieur, le duc de Brissac, l'expression affable, l'accueillit sans façon dans le grand salon. Après lui avoir proposé un apéritif, il entama l'échange.

« Notre famille est de noblesse militaire, voyez-vous, elle compte quatre maréchaux de France, honneur qu'elle partage avec Harcourt, Noailles, Durfort et Biron. Les Brissac ont trouvé leur renom au service d'un État qui s'unifiait, et acquis le sens de la permanence du pays à travers l'accident des régimes. Ils devinrent les seigneurs du château de Brissac en 1502. Vous comprendrez donc que ce ne sont pas quatre années de régime vichyste qui changeront le cours de notre histoire...

– Je peux l'imaginer, dit le docteur Nora, contemplant la succession de portraits.

Pierre se leva et l'entraîna, un verre à la main.

– Vous avez d'abord ici Charles II, comte de Brissac, l'un des chefs de la Ligue, qui ouvrit les portes de Paris à Henri IV en 1594, mettant fin à la guerre civile qui durait depuis cinq ans; puis, le portrait de Hughes, duc de Brissac, lieutenant-général de Louis XVI, qui devint sénateur de Napoléon. Plus loin, venez voir, c'est le portrait de son fils Augustin, préfet de l'Empire, qui, à la Restauration, siégera à la Chambre des pairs. Opportunisme sans compromission néanmoins quand le huitième duc de Brissac, colonel des Cent-Suisses, s'était fait massacrer en 1792, en défendant, par fidélité monarchique, un faible souverain dont il était l'un des derniers remparts. »

Pierre de Brissac scruta le chirurgien qui lui parut, contre toute attente, sobre mais élégant, plutôt bel homme. Déterminé à mener à bien sa démonstration, il continua sur sa lancée comme s'il parlait à une assistance imaginaire:

« Les Brissac étaient de bons serviteurs, à la guerre, à la cour, aux ambassades, dans les rangs de l'Église et aux temps modernes ; pas de fulgurantes destinées ni d'éclatantes trahisons ; pas de crimes, mais une vertu : le désir à peu près constant de servir, d'une lignée fidèle à sa devise : *Virtute Tempore* – par le courage et par le temps –, cela dans un style qui reste libéral, galant et chevalier, tel est, depuis son origine, l'esprit de la Maison de Brissac. »

Le duc revint au salon, invita son interlocuteur à s'asseoir, croisa ses jambes et prit négligemment une cigarette dans une timbale d'argent sur un guéridon, avant de l'allumer avec son briquet en or.

« Vous comprendrez, cher docteur, que je ne vois pas le portrait de votre fils après ceux-ci. Le voudrais-je, ça ne passerait pas la rampe… », le regarda-t-il enfin dans les yeux.

Prétextant être appelé au chevet d'un malade à l'hôpital, le docteur Nora, le visage cramoisi, prit son chapeau et partit sans un mot.

Le fait de ne plus aller au ministère et à la conférence était inappréciable. L'impression, pour Marie-Pierre, d'avoir enfin le temps de comprendre les choses.

Un samedi après-midi, elle retrouva Simon dans un café, place de l'Alma.

« Veux-tu m'épouser ? »

Sa proposition la prit de court car la période de rigueur des fiançailles était, en principe, plus longue. Elle aimait son ton décidé, dénué de toute arrogance cependant, et qu'il la traite sur un pied d'égalité. Enfin, ils étaient jeunes, ils avaient des bras, des jambes, un cerveau. C'était « simple ». Le détachement, effectivement, cela était très simple. Elle lui répondit oui.

Puis Simon l'emmena visiter la propriété de ses parents à la campagne, à proximité de Paris. Marie-Pierre ressentit brusquement une grande tristesse à l'idée de quitter les siens. Ils essayèrent, main dans la main, de trouver la maison de Paul Morand. Beauté de la forêt. Tendre après-midi. Tout ce que les gestes de l'amour pouvaient contenir de douceur.

Ils dînèrent devant le feu, avec le chien.

Elle s'était penchée sur une nouvelle qu'elle avait entrepris d'écrire à son retour de Prague – quelques passages où elle sentait la vie venir.

À cette table, Simon et elle travaillaient ensemble, face à face, dans leur intimité.

La jeune femme avait vu Melle Meyer, proche de ses futurs beaux-parents, qui acceptait de leur louer un logement. L'appartement pourrait être arrangé en quelques semaines.

Marie-Pierre avait déjeuné avec son oncle Charles Schneider, qui lui avait assuré que, dans la vie, il fallait s'affirmer entièrement. Il n'était pas opposé à son mariage avec Simon.

Douceur de cette nuit où ils s'étaient retrouvés. Simon et elle combattaient à visage découvert. Ils aimaient tout ce qu'on ne dit jamais.

Marie-Pierre décela quelques points dans sa gorge. Parfois, la fatigue la saisissait sans crier gare et la faisait sombrer dans un brouillard.

May appela Paul. Elle lui confia que ses rapports avec sa fille s'étaient encore dégradés. May avait découvert, peu à peu, qu'elle avait couché avec plusieurs hommes. Et comme la petite s'en vantait, tout Paris le savait.

Selon elle, c'était une épidémie. À Paris, toutes les jeunes filles baisaient. Physiquement, Marie-Pierre était devenue méconnaissable. Elle était grosse, avachie, la poitrine tombante, les cheveux sales ; elle avait l'air d'une concierge ; il ne lui manquait que le balai, la poubelle et le perroquet. Invitée en week-end à Deauville par les Guinness, elle regardait avec mépris les huit cents convives du dîner de gala, comme si elle y assistait pour la dernière fois. Elle mentait sans arrêt. Tantôt, elle était tendre, petite enfant, et tantôt elle l'insultait. Elle était allée dire à Helena de Broglie des horreurs sur elle et son père. May avait de plus découvert que, l'été précédent à Prague, Marie-Pierre avait couché avec un Kinski, père de deux enfants. Elle avait trouvé ses lettres. Les montrer au fiancé ? C'était un juif qui voulait arriver à ses fins et qui s'en moquerait. Marie-Pierre n'avait pas encore attrapé la vérole, ni eu d'enfant, mais demain ? Déjà, elle était allée voir le médecin de la famille qui, retranché derrière le secret professionnel, n'avait pas cru devoir avertir sa mère...

Marie-Pierre était entrée aux Affaires en sujet brillant, puis, ses amours lui ayant brouillé les idées, elle était restée quinze jours sans venir à son bureau. Jacques Rueff, qui l'avait embauchée, avait conseillé à ses parents de la retirer. May avait donc envoyé une lettre de démission pour prévenir un renvoi. Bobby était furieux contre sa sœur. Quant au petit dernier, il était au courant de tout. Quand sa sœur sortait le soir, Gilles se penchait à la fenêtre et s'écriait : « Maman, c'est affreux, son juif vient la chercher ; j'ai vu ses cheveux crépus. Pas même chrétien ! »

Après avoir tenté de prendre sa fille par les sentiments, Pierre avait fini par perdre son sang-froid. Il considérait le cas comme désespéré et ne faisait plus rien. May, avec son habileté et sa ténacité, espérait encore gagner du temps, contre toute espérance. « Toute la jeunesse est de son côté », lui disait-elle. Paul lui répondait : « On a toujours les gens pour soi, quand il s'agit de se détruire. C'est une concurrente de moins. »

Ils lui auraient fait atteindre la folie et Marie-Pierre aurait eu plaisir à mourir si Simon n'avait pas été là. Elle pensait constamment à lui. Dans le même temps, sa mère lui disait avec bonté et douceur, pour la première fois : « Tu ne peux pas savoir, mon petit, pour une fois que je fais quelque chose de sérieux, me jeter à la tête toute cette histoire. Je sais bien que l'on paie tout dans la vie. »

Julien Gracq a montré que l'on pouvait emporter tout ce que l'on aime avec soi. Si c'est écrit.

À la campagne chez Simon, Marie-Pierre fut, subitement, terrassée de fatigue jusqu'au moment du thé. Elle s'assit, désespérée, sur un tronc d'arbre sans pouvoir avancer d'un pouce. Puis une forme de résurrection se fit, lui donnant la force de se réchauffer. Son esprit revint à une forme de calme, nuancé d'espoir. Simon et elle se tenaient l'un en face de l'autre, le feu crépitant dans la cheminée. Il préparait ses cours. Elle rêvait d'une année avec lui, passion pendant laquelle ils travailleraient comme des moines. Ils désiraient les mêmes choses, la poursuite de la connaissance, l'élévation morale et la sincérité dans leur relation aux autres.

Le week-end touchait à sa fin. Marie-Pierre rentra au 36 avec 40 de fièvre, accablée par un engorgement tentaculaire des ganglions. Elle se sentait défigurée par une fièvre permanente. Une transpiration qui ne l'était pas moins, mais ne semblait servir à rien, lui éreintait les reins. Toute pensée la fatiguait. Elle décida de se reposer, de prendre la vie comme elle venait – c'est elle qui l'avait guérie, c'est elle qui résoudrait aussi les problèmes.

Un curieux personnage débarqua, alors, cours Albert-Ier : un homme assez jeune, passablement inquiet ; un visage rond, un nez qui fuyait comme une gouttière, un verrou dans la mâchoire. Diligenté par Jean Jardin, ami intime de May, le docteur Ménétrel était arrivé muni d'une imposante serviette, remplie de flacons. Appelé familièrement par Josée « le petit docteur du maréchal », il avait été également chef du secrétariat particulier du maréchal Pétain pendant la guerre. Il regarda attentivement la jeune femme et l'ausculta. En robe de cocktail, May, diaphane, se tenait à distance dans la pénombre, sa main légendairement posée sur sa hanche. Il poussa un soupir, remit ses instruments dans sa serviette et hocha doucement la tête en la regardant de biais. Sa recommandation était simple : passer l'hiver à la montagne, éviter toute émotion et tout effort. Cesser toute relation susceptible de troubler la jeune femme.

S'il n'y avait pas eu Simon, Marie-Pierre n'aurait pris aucune précaution. Ces simagrées d'un médecin qui n'était capable de lui donner que de l'aspirine lui semblaient ridicules. Naturellement, tout projet de mariage était repoussé aux calendes grecques. Une fois le docteur parti, elle persifla auprès de sa mère. Comme ce diagnostic devait la rassurer ! Elle devait maintenant éprouver la paix de l'âme. Cette maladie servait tellement ses vœux.

Elle raconta plusieurs fois à Simon cette scène, digne des plus mauvais boulevards. Ils en parlèrent avec gaieté comme des gens très intimes. Le docteur Ménétrel fut surnommé le docteur Flacon. Marie-Pierre s'étonnait de rire ; elle aimait tant être là avec lui. Elle le sentait si proche, si sûr. Simon ajouta avec calme : « J'ai une absolue confiance en toi. » Cela transformait sa vie.

La jeune fiancée demanda si elle pouvait voir Simon. On lui répondit que cela serait contraire à sa dignité et à sa santé. Son père lui fit promettre de ne pas correspondre avec lui. Elle n'avait pas insisté – c'était trop ridicule – par respect pour son pauvre amour.

Avec sa majorité légale, son indépendance financière était tout ce qu'elle désirait au monde. En entendant un jour son père parler du sort d'Isabelle de la R… qui avait quitté son mari, elle se rendait compte de la cruauté inconsciente des familles qui n'élevaient pas leurs filles en vue d'un métier, mais d'un mariage. Si celui-ci ratait, elles se montraient furieuses de les avoir sur le dos. Si l'on partait, il fallait ne jamais revenir. Quel que soit le prix, c'était trop cher payé.

Sur la recommandation du docteur Ménétrel, Marie-Pierre fut menée au train par le chauffeur, afin de rejoindre Lausanne et d'effectuer un séjour à la clinique de la Moubra.

Celle-ci était une vaste construction entreprise dans les années vingt grâce au développement de Montana, réputé dans les affections non pulmonaires. Bâtie à flanc de montagne à mille cinq cents mètres d'altitude, la bâtisse disposait de grands balcons de cure, orientés vers le sud, dominant un cirque alpin. Des murs en granit évoquaient la roche. Le repos y était imposé et surveillé. Le directeur de la clinique ne manqua pas de mentionner à la jeune femme quelques patients célèbres, tels que le pianiste Dinu Lipatti.

Marie-Pierre prit son mal en patience. Elle ne voulait pas braquer sa famille. Au contraire, la ténacité, s'aidant des évolutions politiques en cours, servirait mécaniquement ses desseins. Ses parents seraient forcés de prendre conscience que Simon, étoile de la Résistance et acteur de la reconstruction, représentait la France de demain, tout en renouant avec la France valeureuse de jadis.

La nuit, la patiente s'accrochait à la lumière phosphorescente des aiguilles, remontant lentement le cadran et empoignant l'heure à nouveau. Elle passait la matinée dans un monde de somnolence. Toute sensation de libre arbitre et de commandement personnel l'avait désertée.

Un appel téléphonique lui parvint de Paris. C'était May. Paul lui avait dicté très précisément ce qu'elle devait dire à sa fille :

« Ma chérie, vous avez eu des amours : c'était un acte individuel. Mais ce que vous allez accomplir maintenant est différent : c'est un acte social ; vous établissez à tort votre bonheur sur une vie de relation ; au moment où, donc, vous croyez rompre avec la société, attitude aussi romantique que démodée, vous créez d'autres liens ; vous entrez dans une société *étrangère*.

– Simon n'est pas un étranger, et sa famille, qui s'est établie en France bien avant la Révolution française, ne l'est pas davantage... rétorqua Marie-Pierre.

– Vous le croyez, car c'est la propagande, mais la guerre n'aura laissé derrière elle qu'une chose, c'est qu'elle a donné à l'univers le sentiment que les juifs étaient à jamais des étrangers. Vous êtes assez intelligente pour comprendre que *déjà* toutes les valeurs pour lesquelles on s'est soi-disant battues sont détournées.

– Maman, c'est ce que vous pensez, ainsi que vos amis, mais permettez-moi d'être en désaccord... »

May interrompit sa fille, tentant néanmoins de se contenir.

« Mais pourquoi ne pas se marier à l'étranger, me direz-vous ?, ajouta-t-elle d'un ton qu'elle voulut détaché. Je vous vois fort bien aller aux antipodes vous installer dans un ranch, mon enfant. Mais ici, c'est différent : et voilà où commence la tragédie. L'étranger sera partout sous vos pas à vous, devenue étrangère. Il n'y aura pour vous ni ranch ni antipodes. Car où que vous alliez, vous serez devenue étrangère *sur place* ; vous serez diaboliquement, insensiblement, passée sur un autre plan, à l'intérieur même de votre pays, de votre famille, de vous-même. Et même si vous ne voulez avoir que des liens individuels, avec l'autre, vous ne pourrez pas, car *lui* tissera ces liens ; car il n'y a pas d'individus dans son espèce, il n'y a qu'une et grande tribu que vous aurez épousée tout entière : vous vous réveillerez un matin mariée à une autre humanité ; cela vous coulera dans les veines, dans le cerveau, dans le sang, dans les enfants. Pour avoir voulu faire un acte d'indépendance, vous aurez signé un contrat d'esclavage. Tous seront vos cousins, vos frères et d'autant plus qu'ils auront tout à y gagner et vous tout à y perdre… »

Marie-Pierre posa le récepteur du téléphone sur le lit, révulsée. « Allô, allô, ma chérie, vous m'écoutez ? » Sa tête lui tournait à nouveau. Elle mit ses oreillers sur son visage pour ne plus avoir à entendre sa mère.

Après le déjeuner, la jeune femme avait décidé de se lancer, au piano, au beau milieu de la salle à manger de la clinique, illuminée par le soleil d'altitude, dans une improvisation en sixtes, de la main droite, en *do* majeur, en *sol*, puis en *mi* bémol. La sixte, un accord qui lui semblait gonflé d'allégresse, lui faisait presque croire que la vie était heureuse.

La convalescente retrouvait aussi la volupté de fumer et celle du stylo lancé dans un canter sur une feuille de papier finement granulée. Tout s'harmonisait autour d'une certaine forme d'intelligence et de beauté. Cependant, en fin d'après-midi, de nouvelles éruptions de fièvre la laissaient anéantie, le contact de la joue rêche au drap du lit.

Simon s'impatientait. Il avait laissé un message. Elle ne pouvait pas parler et encore moins lui répondre, elle s'y était à nouveau engagée auprès des parents jusqu'à sa majorité, qui était très proche, et cela l'irritait. L'amour était le monde du mystère. Il avait ses lois, ses échanges, ses revers, ses faux pas, ses prodiges, et, au bout du chemin, la connaissance de tout ce qui n'était pas lui.

Elle décida finalement d'écrire un court message à Simon.

À peine revenue à Paris, Marie-Pierre eut, avant le dîner, une violente altercation avec son père. Il avait eu vent par la clinique du courrier adressé à Simon. Tout, du « repos » à la Moubra, était surveillé. C'était la première fois qu'elle voyait Pierre – lui qui savait être si aimant – hors de lui. Elle en était bouleversée. Il lui semblait avoir toujours dominé les conflits grâce à l'élégance de sa pensée. Or, cette fois, il employait avec elle une méthode violente et terre-à-terre : « Tu embêtes tout le monde, tu n'es pas le centre du monde ! Il faut que le reste de la famille vive. Tu es une emmerdeuse. »

Comme May, il croyait sa fille installée à la clinique, n'ayant pas donné son adresse à son « fiancé juif ». En quoi ils se trompaient, l'un et l'autre. Car après avoir promis à ses médecins de ne pas donner signe de vie, rapporta May à Paul, la petite lui avait écrit, naturellement, dans le goût des femmes, commenta Paul : « Oubliez-moi, mais ne m'oubliez pas », ce qui avait fait repartir l'intrigue, s'effondrer la convalescente, etc.

May utilisait la méthode douce, patiente, attendrie, temporisatrice. Et chacun croyait rouler l'autre, gagnant du temps : « Ils s'habitueront à lui », pensait Marie-Pierre. « Elle se dégoûte déjà de lui », considérait May, convaincue qu'un mariage ne durerait pas et que sa fille viendrait, repentie, lui déposer sur les bras « quelques petits juifs » pour aller refaire sa vie.

Marie-Pierre garda la chambre. Elle fit porter à son père un billet, où elle s'excusait de s'être mise en colère et s'engageait à ne plus revoir Simon. Le lendemain, Pierre lui expliqua avoir pris contact avec le docteur Nora afin de mettre un terme « définitif » à cette liaison.

Lors d'un autre voyage « au pays du chocolat », selon sa qualification coutumière, May demanda à Paul de lui présenter Mme Wertheimer, une voyante prisée par les voyageurs de passage à Lausanne, moyennant conséquente rémunération.

Les voyantes avaient connu une émergence extraordinaire depuis la guerre ; l'âge de l'incertitude ouvrait des perspectives sans fin, notamment lucratives, aux diseuses de bonne aventure.

À Paris, la célèbre Mme Fraya officiait dans son appartement face au Luxembourg. Pierre Laval et sa fille l'avaient consultée, ainsi que de nombreuses personnalités politiques, sur l'opportunité de leurs décisions. Mme Wertheimer, elle, exerçait son art dans une petite rue de la vieille ville à Lausanne. Le couple – un écrivain banni et une duchesse aux abois – ne passait pas inaperçu, malgré leurs efforts de discrétion et de camouflage. Ils entrèrent précipitamment dans un immeuble de standing et se retrouvèrent dans une pièce obscurcie par des rideaux de velours.

Des lunettes cerclées d'or sur le nez, un visage qui ne se souvenait plus d'avoir été jeune, Mme Wertheimer se comportait à l'égard de ses clients comme une directrice d'école face à ses élèves. Tout était dans la forme. Elle les jaugea d'un seul regard. Plus ce serait gros, mieux cela passerait. Elle prit un air concentré et son front entre ses deux mains.

« Madame la duchesse, je débuterai notre séance par un élément saillant, très lumineux dans mon esprit. Il m'apparaît que votre fille ne fera pas son mariage, mais finira avec un quadragénaire titré. » Exclamation de joie de May. Paul lui pressa la main.

Puis, tirant prestement une multitude de cartes, l'une après l'autre, prononçant quelques paroles indistinctes épiées par ses prestigieux clients, elle entra dans le vif, ou plutôt le saignant, du sujet :

« Hélas, hélas, votre mari n'aurait-il pas connu récemment des difficultés de trésorerie ? » May blêmit en regardant Paul. « Je vois qu'il court à la catastrophe, ses affaires sembleraient sur le point de s'écrouler... ? » ajouta la voyante d'un air à peine compatissant, les sourcils froncés, en poursuivant avec une indifférence professionnelle, mâtinée de mauvaise foi, tant les mauvaises nouvelles constituaient un élément crucial de sa crédibilité. À quoi bon consulter une voyante pour voir l'avenir en rose ? Elle assena en forme d'apothéose : « Votre fils cadet fait-il beaucoup d'activités sportives ? Il ne devrait pas car, malheureusement, chère madame, il apparaît qu'il pourrait être victime d'un accident de cheval... »

Paul emmena May, bouleversée, prendre un verre dans un hôtel sur le rivage tout en l'aidant à mettre en perspective les propos de la voyante. Elle retrouva un peu de sérénité après avoir pris un grog et décida de ne retenir que la bonne nouvelle de cette séance, ce qui faisait partie du processus d'éclairement, bien connu, de la profession. Marie-Pierre n'allait pas épouser son fiancé. « Après m'avoir détruite, elle me reconstruit », dit May à Paul, en employant un jargon de psychiatre. « Je me battrai comme une folle avec ma folle de fille, qui vient d'avoir vingt et un ans ; je ferai tout pour gagner du temps et l'empêcher d'épouser son juif », affirma-t-elle à Paul, l'air farouche.

Le jour – si attendu – des vingt et un ans de Marie-Pierre survint enfin le 12 novembre. Ce fut un anniversaire lugubre, fêté pourtant comme il se doit, lors d'un déjeuner dans la salle à manger du 36. Pour la première fois, le champagne de la Veuve Clicquot-Ponsardin, son aïeule, sembla un breuvage amer à la jeune femme. Puis ils s'embrassèrent tous, comme si cela devait être la dernière fois de leur vie.

Marie-Pierre avait noté dans son journal :

« *Terrible fatigue.*
Bonté de Simon l'après-midi
Se reposer. Ne penser à rien.

Mon amour pour Simon
Réel. Est-il aveugle ?

Les interdits sociaux ont déjà commencé pour lui et pour moi.

Un couple vit le jour : d'amour, de travail, d'une certaine position sociale.

Moi : crainte d'un passé. De tout ce qu'avait représenté ma vie jusqu'à maintenant.

J'aime Simon : la vie prochaine avec lui.

N'arrive pas à imaginer ce qui peut être l'avenir pour :

Lui : comment évoluera-t-il ?

Moi : ?

Des enfants ?

Un couple marié, c'est quoi ?

Est-ce que cela dure, l'amour ?

Plusieurs remèdes : le travail, l'action, les autres (élément important).

En tous les cas :

Aller mieux, car je vais très mal.

Aussi avoir le courage de ne pas se presser, d'oublier l'autre qui est pressé pour penser à l'avenir.

Quelle, quelle fatigue. »

Après que le docteur Ménétrel, de retour au 36, eut diagnostiqué une mononucléose et lui eut prescrit un traitement médicamenteux par la prise séquentielle de flacons de différentes couleurs, Marie-Pierre sentit une douce euphorie monter à l'horizon. Une succession de vagues de bien-être la submergeait, et la libérait de toute oppression ganglionnaire et de toute considération pratique. La jeune femme reposait sur un rivage dont elle voyait avec étonnement le sable scintiller dans l'air à chacune de ses foulées. Le monde terrestre était redevenu vivable, songea-t-elle, blottie sur un rocher éclairé par la lune, hypnotisée par le passage des rouleaux à la crinière argentée.

Elle flottait dans une torpeur paisible, lorsque quelqu'un lui secoua le bras. Des voix pénibles lui firent réaliser qu'elle était dans sa chambre. Chacun à leur tour, ses parents l'exhortaient à se lever. D'un commun accord avec le médecin, ils souhaitaient son retour à la clinique dans les plus brefs délais afin d'endiguer l'infection, envisageant même une intervention. Marie-Pierre ne posa pas de questions, son état parlait tout seul. Jamais elle ne s'était sentie aussi vulnérable, privée de tout réflexe vital. Elle ne pensa pas à préparer sa valise et des affaires de toilette. Et se souvint à peine de l'escalier ; elle était descendue dans un mirage, soutenue par son père. Seule empreinte du souvenir, la Citroën spacieuse, qui l'emporta de toute sa puissance vers la Suisse, sa mère à ses côtés. Quelques filaments de lumière s'immisçaient dans sa conscience, cahotée par les embranchements, sa tête roulant sur le dossier en cuir. Le sommeil l'ensevelit à nouveau.

De ce retour en Suisse ne subsisteraient que des ombres et des virages.

Une fois à Lausanne, May laissa sa fille assoupie dans la voiture avec le chauffeur et se rendit à La Croix d'Ouchy, un restaurant au cœur de la ville, pour retrouver Paul et Jean Jardin. Elle ne leur parla que du combat qu'elle menait pour tirer sa fille du gang juif où celle-ci était tombée. Elle ne vivait que pour ça, ne pensait qu'à ça... Comme convenu, Jean Jardin les conduisit alors, elle et sa fille, à Montana.

Marie-Pierre se réveilla donc le lendemain dans une chambre à la clinique. Murs roses, meubles blancs, une table basse, deux azalées, une primevère, un bégonia, une lampe à la tête du lit qu'on ne pouvait jamais placer comme on voulait, l'armoire et ses livres recouverts. Elle était dans un tel état qu'elle n'y comprenait plus rien. Dieu merci, on ne lui demanderait ici aucun effort. L'idée d'un choix l'affolait comme au lointain.

Attendre. Accepter de ne pas envisager l'avenir, c'était bien la chose la plus difficile qu'elle eût jamais eu à faire. La jeune femme n'était plus en contact avec elle-même – sorte de disparition totale de soi – et de temps en temps, elle relevait le nez et s'inquiétait : « Mais où suis-je ? Que va-t-il m'arriver ? » Certaines choses qui étaient claires – son amour pour Simon et la vie qu'elle pourrait mener avec lui – s'étaient dissoutes. Être sincère ne pouvait avoir de sens dans un pareil état ; la seule chose à faire était de se taire et d'attendre.

Affreuse journée ; son cœur ne tenait pas le coup. La patiente n'avait jamais été aussi fatiguée. Elle était cernée d'illusions, au fond d'un trou de tristesse. Elle se sentait coupable d'avoir été déloyale envers ses parents, dont elle ne partageait certes pas les valeurs, mais qui cherchaient avant tout son bonheur. Était-elle prête à s'engager dans une union alors qu'elle était si sensible au plaisir et à la séduction ? Elle se sentait affaiblie par cet amour impossible, contrariée par cette succession d'épreuves auxquelles elle n'était pas préparée.

Son voisin de chambre, un grand type athlétique, lui confia en anglais qu'ils étaient logés dans l'unité de soins psychiatriques de la clinique. Il y était hospitalisé depuis des semaines en raison du surmenage provoqué par ses études de physique mathématique. Cela ne l'empêcha pas de lui proposer de passer la nuit avec lui. « *Let us go to bed together* », lui susurra-t-il à travers le panneau qui délimitait leurs terrasses respectives. Elle déclina poliment, précisant qu'elle avait un fiancé.

Le lendemain, Marie-Pierre ressentit une certaine euphorie à l'idée d'être si bien installée, avec de l'encre, une table de travail, du thé, du confort, du papier, le soleil de l'altitude, des montagnes radieuses aux alentours. L'après-midi, elle travailla un peu, après le café, à sa nouvelle. Elle termina la partie « classe » après avoir complètement chamboulé le plan. Elle voyait vaguement ce qu'elle voulait faire de Clarence, de Henri. Mais elle ressentait une immense angoisse à l'idée de représenter des faits. De nouveau, elle n'y comprenait plus rien. Cet état de fatigue latent, qui sourdait derrière tous ses efforts, était insupportable.

L'accès au téléphone étant prohibé, Marie-Pierre écrivit à Simon.

19 décembre 1946

Mon cher amour,

Comme je ne suis pas libre d'utiliser un téléphone ni d'envoyer du courrier pendant ce séjour à la Moubra prescrit par le docteur Flacon, j'ai demandé à une patiente, avec laquelle j'ai sympathisé, de poster cette lettre pour moi. La clinique paraît, cette fois, relever davantage d'un internement que d'une hôtellerie de repos. Les conditions de mon départ ont été indicibles. Après avoir pris un traitement médicamenteux, j'ai été hagarde, sans doute sous l'emprise de tranquillisants, et me souviens à peine de mon départ du 36 et de mon arrivée à la clinique... J'y suis constamment surveillée et ne peux en sortir à mon gré, sauf dans le parc. Le lendemain de mon arrivée, le directeur m'a fait signer une décharge selon laquelle, compte tenu de mon état de santé, je devais demander l'autorisation de mes parents pour effectuer une sortie ou solliciter des contacts extérieurs, afin de ne pas perturber ma convalescence. Il m'a longuement expliqué que mon état psychologique et physique nécessitait une rupture complète avec mon environnement familial, mes habitudes et mes amis. Le « repos absolu », a-t-il martelé, est à ce prix-là.

Il est vrai que j'ai perdu mes forces, aussi bien moralement que physiquement. Je me sens extraordinairement fatiguée et lasse. J'ai, néanmoins, beaucoup réfléchi ces derniers jours après une discussion avec mon père. Il m'a fait part de son inquiétude de me voir prendre un chemin aussi inhabituel et fait valoir que s'installer dans la vie était infiniment plus compliqué que je ne l'imaginais. La rupture d'un ménage avec son milieu familial pourrait fragiliser notre relation, notre équilibre, et même la situation de nos enfants plus tard.

Papa a aussi souligné mon ingratitude vis-à-vis de lui et de Maman, qui est très réelle, j'en conviens. « Tu profites bien des avantages de ton milieu ». Tu sais à quel point je ne suis aucunement sensible aux questions matérielles, mais cela me pèse d'avoir créé un tel désarroi, une sorte de schisme alors qu'il a été le plus doux des pères, tendre, spirituel et inspirant. Bien sûr, il s'oppose, ainsi que ma famille, à notre mariage pour de mauvaises raisons. Ce qui est certain, aujourd'hui, c'est que je ne suis pas en état de prendre la moindre décision nous concernant et crois qu'il faut, pour le moment, reporter notre projet. Je ne souhaiterais pas que mon amour pour toi, immense et vrai, soit dévoyé par l'hostilité générale. Celle-ci pourrait te porter tort, au moment même où tu embrasses une carrière de haut fonctionnaire et t'apprêtes à jouer un rôle si important dans la reconstruction de notre pays.

J'éprouve une peine immense à t'annoncer cette nouvelle, qui est le produit d'une réflexion par laquelle je tente de mettre raison et responsabilité dans ce mariage qui, hélas, n'engage pas que nous. Chaque battement de mon cœur t'est destiné. Chacune de tes pensées m'importe. Chaque parcelle de mon corps te désire. Mais je ne me sens plus libre d'aller de l'avant compte tenu du chaos que notre relation a engendré.

À toi, entièrement,
Marie-Pierre

Le lendemain, sale journée. Cette infection de la gorge. Cette intervention en vue. Elle sombra à nouveau dans l'incertitude et le vague, incapable d'écrire une ligne tant elle était lasse. Sentir, dans tous les domaines, sa pensée buter contre tout, reprendre les problèmes par l'envers lui était pénible, affreusement pénible – était-ce seulement de la fatigue ? Elle craignait que cela soit également organique, féminin. Elle avait si peu de forces, malgré le thé très noir. Elle restait couchée, dans l'obscurité et regardait sa terrasse éclairée par la lune. Dès six heures du soir. Ce n'était plus de l'angoisse, c'était une sorte d'indifférence qui ne s'opposait à rien, puisque rien n'était. Elle s'allongeait et écoutait Berlioz qui la faisait frissonner, littéralement trembler. Elle se savait encore très malade.

Livres lus depuis son arrivée :
- *Être et avoir*
- Sri Aurobindo
- Presque tout le livre d'Ella Maillart
- Lin Yutang, *Feuille dans la tourmente*

Il fallait avoir un métier. Le fait de n'avoir pas de métier la hantait ; c'était enfantin peut-être, mais pas complètement. En relisant son journal des deux dernières années, elle se sentait à la fois si proche, et tellement plus âgée. Comment pouvait-on décider de sa vie ? Il fallait gagner du temps, essayer d'y voir clair...

Puis, elle avait écouté deux poèmes de Supervielle : « Le Cavalier qui passe », « Le Jeu de cartes », et une page de Giraudoux, dite par Edwige Feuillère à la radio.

Marie-Pierre ne reçut plus aucune nouvelle de Simon. Une lettre de Pierre lui parvint en revanche, accompagnée d'une photo – lui, son amie Anne Charpentier, et elle-même, dans la forêt de Rambouillet à l'automne au milieu des feuilles, briques rouges et soleil fané. La famille Nora, selon son père, avait manifesté sa vive réticence, voire de l'hostilité. Les familles juives étaient tout aussi protectrices que les nôtres, lui écrivait-il. Tu es considérée comme une étrangère, lui écrivait-il, ce qui chagrina Marie-Pierre et l'étonna, après les moments si chaleureux passés en leur compagnie. La famille de Simon était laïque et lui avait paru tolérante et particulièrement accueillante.

Le docteur Nora avait également appris par des rumeurs mortifiantes que sa réputation de jeune fille avait été entachée, ce qui la stupéfia également. Ses incartades étaient donc connues, y compris son aventure avec le cosaque marié de Prague ! Son père expliquait qu'elle avait acquis une réputation d'aventurière, voire d'étrangeté, après le déjeuner chez Mme Rueff, qui s'était empressée de raconter son comportement dans la bonne société parisienne. La jeune femme avait l'impression d'être prise au piège, et que ce piège se resserrait irrésistiblement. Les traits du visage de Simon devenaient flous, sa merveilleuse bonté s'effaçait devant ces manœuvres diffamatoires.

Tout s'embrouillait à nouveau, elle était accablée d'un sentiment de culpabilité aigu, dont elle cherchait à se défendre. Avait-elle commis un crime au regard de la législation du 36, et plus largement des usages de ce monde ?

Les jours suivants, elle s'inquiéta d'autant plus du silence de Simon qu'elle l'avait initialement souhaité. Elle s'affola. Oppression, sensation d'une machinerie sur laquelle elle n'avait aucune prise, incapacité à conjurer le sort. Elle avait le sentiment d'un néant et que sa vie s'évanouissait à nouveau. Simon avait-il été soumis à la pression de sa famille ? À l'indignation de son père, exaspéré par l'arrogance du sien ? Déçu par elle ? Ses exigences morales étaient bien plus élevées que celles de son entourage. Marie-Pierre pouvait sans peine imaginer ce que représenterait pour Simon un manque d'intégrité, bien que leur entente intellectuelle et amoureuse semblât l'emporter sur tout. Elle maudissait la corruption de leurs mœurs, mais elle ne se sentait pas coupable de vivre.

Simon travaillait à l'École nationale d'administration avec toute la concentration dont il était capable, en vue du classement de sortie qui allait décider de son affectation dans l'administration. Mais, contrairement aux autres élèves, son indépendance d'esprit et son expérience de l'affrontement armé le conduisaient à mépriser cet ultime obstacle et à se détacher des hiérarchies. Il ne craignait pas de choisir ce qu'il aimerait indépendamment de son rang de sortie. Qu'importait le prestige de tel corps ou la notoriété de tel service ? Il souhaitait seulement être en accord avec lui-même et servir l'intérêt général, où qu'il fût, le mieux possible.

Il hésitait encore, cependant, entre l'élaboration d'une grande œuvre intellectuelle et l'engagement dans une carrière de haut fonctionnaire. Son père l'avait convaincu de privilégier l'Inspection des finances à l'agrégation de droit, alors qu'une carrière universitaire aurait facilité des recherches et le temps de se concentrer sur des travaux. Il n'avait pourtant pas renoncé à s'accomplir dans un travail de réflexion. Le jeune homme passait, avant tout, ce concours pour satisfaire Gaston et accomplir son ambition d'excellence républicaine.

Le souvenir de Jean Prévost, les mains dans les poches, son profil qui se superposait aux silhouettes brumeuses du Vercors, restait lancinant. Simon sortit la photo du cadavre supplicié de son inspirateur, qu'il conservait toujours sur lui. Goderville lui avait montré le chemin, celui de l'intellectuel engagé qui transforme en conscience son expérience. Simon avait décidé de suivre la même voie.

Le candidat s'était forgé au Vercors une certaine idée de la liberté, intellectuelle, amoureuse et politique. Il avait connu la guerre, le risque de mort et de trahison, des restrictions de toutes natures – matérielles ou d'expression. Simon rejetait donc tout assujettissement à des intérêts de carrière ou de lignage. « Rien ne vaut des biens matériels, des situations acquises, de la prudence et des compromissions, de la sagesse accumulante… Chaque vie, chaque homme se mesure, à chaque moment, par sa capacité à assumer le destin du plus grand nombre, à convaincre, à organiser, à entraîner… », écrivit-il.

Gaston et lui étaient en complet désaccord sur la personnalité de Marie-Pierre et sur les chances de réussite de leur projet de mariage.

« Marie-Pierre est d'un caractère trop indépendant, tu ne t'en sortiras pas. Elle a eu, semble-t-il, des liaisons amoureuses. C'est une princesse qui n'a aucune idée de la réalité de la vraie vie. Elle tombera des nues lorsqu'elle sortira de son hôtel particulier et qu'il lui faudra travailler pour gagner sa vie, ou te suivre dans tes tribulations professionnelles.

– Tu ne la comprends pas, Papa. Marie-Pierre est, avant toute chose, une intellectuelle, rétorqua Simon. Elle est une personne libre. Sa soif d'apprendre et son goût de l'indépendance, alors qu'elle est sous influence depuis sa naissance, sont simplement remarquables. Ma fiancée méprise les aspects matériels et les représentations sociales dont elle a pu expérimenter les limites. Je suis, chaque jour, émerveillé par sa culture, sa vitalité et sa beauté ! Elle est un pur joyau sorti de la fange, du milieu le plus méprisable !

– Elle ne pourra t'accompagner dans ta carrière, Simon… Crois-moi, les représailles de ces gens-là seront terribles et ils conserveront le bras long, passé l'épuration. Tu ne mesures pas leur capacité de nuisance et leur infiltration des milieux de pouvoir. Le général n'osera pas aller plus loin. La France de la collaboration n'a pas dit son dernier mot… Ils vous poursuivront, si tu parviens même

à l'épouser ! N'est-elle pas, aujourd'hui, assignée à résidence en Suisse ?
– Ses parents feraient n'importe quoi pour la détacher de moi... Mais ne comprennent-ils donc pas, ces idiots, que nous sommes fous l'un de l'autre ? » s'exclama son fils d'un air ulcéré.

Simon était conscient du défi que représentait l'adaptation d'une héritière à des conditions de vie très modestes. Il en avait parlé maintes fois avec elle. Mais Marie-Pierre avait expérimenté les limites de ces grandes fortunes qui prenaient le pas sur les sentiments. Les questions matérielles ne l'intéressaient pas. En cela, ils se rejoignaient. Reprennant son calme, il compléta : « Nous avons parlé, elle et moi, et longuement, des impasses auxquelles l'argent peut mener. Et puis la France de demain se construira sans ses parents et leurs relais d'influence. Ces gens-là sont finis. Ce qu'ils ont fait à leur pays, et à présent à leur fille, est simplement odieux. L'État prendra le pas sur leur rôle délétère.
– Soit, espérons... En tout cas, tu ne crains rien à l'approche du passage du concours le plus difficile de France ! »
Simon savait combien son père s'inquiétait de son avenir à un moment charnière où tout se décidait pour les jeunes survivants de la guerre.
« Je suis d'autant plus motivé par cette situation et me suis, cette fois, préparé sérieusement pour le

concours, en formant une écurie avec des camarades, Albin Chalandon et Maurice d'Amécourt. Je considère réelles mes chances de succès. Mais, tu le sais, à mes yeux, la liberté de vivre et d'aimer l'emportera toujours sur le reste... »

Le docteur Nora ne se sentait plus capable de lui donner tort. Il se souvint des jeunes communistes que son fils aidait, contre toute précaution, alors qu'il était étudiant. Bien qu'ayant été aux prises lui-même avec les antisémites de la pire espèce, la confrontation avec Pierre de Brissac l'avait consterné. Ce milieu et ses usages étaient ridicules, leurs actes injustifiables. Il ne pouvait pas donner tort à son fils.

Quant aux rumeurs sur la jeune femme que son fils aimait, il les remettait en perspective. Marie-Pierre était une gosse qui faisait l'expérience de la vie, voilà tout. Il ne lui jetait pas la pierre. Elle était ravissante, brillante et ardente. Les hommes la courtisaient. De l'autre côté, Simon avait échappé de multiples fois à la mort au cours de trois années de guerre et tombait si fort amoureux qu'il en oubliait de passer des épreuves d'admission !

Il ne pouvait, à présent, que soutenir son fils dans ses choix, aussi périlleux lui semblaient-ils être.

Marie-Pierre vit d'abord sa casquette bleue et sa pelisse apparaître dans le hall de la clinique.

Un grand sourire aux lèvres, Simon lui tendit ses deux bras de manière christique. Elle ne pouvait le croire, à l'issue de tant d'épreuves. Elle s'enfouit en lui. Émotion et bonheur. Son visage était bien là, confiant et chaleureux, après des semaines d'interrogation. Sa voix tranquille, déterminée, sa sollicitude, sa tendresse.

Ils ressentirent une joie immense, puis du calme et de la fatigue, car son fiancé était éreinté par son voyage. La jeune femme se trouvait presque interdite. Cet homme qui avait défié la mort, envoyé promener ses parents, ridiculisé leurs rebuffades et surmonté leur hauteur, était là, bien présent dans cette réception d'hôtellerie de montagne avec ses confortables fauteuils de cuir. Jamais elle n'avait cru compter autant aux yeux de qui que ce soit. Tout lui semblait lumineux à présent et, paradoxalement, si vaine l'attitude de ses parents, leurs arguments obsolètes.

Simon lui raconta avoir tenté sans succès de rencontrer son père, Pierre, afin de lui décrire la force de leur amour et de leur engagement réciproque. Il lui montra la lettre qu'il avait fini par lui envoyer et qui était restée sans réponse.

Le 25 décembre 1946

Monsieur le Duc,

Je regrette que cet entretien refusé me contraigne à vous écrire ce que j'aurais préféré vous dire de vive voix.

Pendant ces mois de séparation, j'ai pu mesurer la force des sentiments que m'inspire Marie-Pierre. La vie ne m'est pas concevable sans elle. Seule aurait pu m'inciter à sacrifier mon amour la conviction que je ne pourrais rendre Marie-Pierre heureuse. Ses lettres de Suisse, puis elle-même, me convainquent que son amour est lié au mien.

Je sais votre hostilité à notre mariage. J'espérais qu'une conversation avec vous me permettrait peut-être de l'atténuer, sûrement de la mieux situer : si elle repose sur ma jeunesse, sur des doutes quant à mon amour, je sais toute la légitimité de votre inquiétude paternelle. Si elle est fondée sur l'incompatibilité entre le milieu qu'est le vôtre et celui que vous pensez être le mien, je crois qu'elle résulte d'une méconnaissance des aspirations réelles de Marie-Pierre et des miennes.

Notre accord est profond. Il englobe le passé comme il engage l'avenir.

Cependant, je comprends les obligations que vous devez à votre tradition et à votre vie. J'ai pour elles tout le respect que vous pouvez souhaiter.

Aussi n'est-ce en rien une consécration sociale que je vous demande de nous accorder, mais seulement de ne pas refuser à votre fille une compréhension personnelle à laquelle elle tient profondément, et sans laquelle son bonheur ne saurait être complet.

Je n'ai jamais attendu, je n'attends rien de vous sur le plan matériel, social. Je ne sous-estime pas les difficultés que je rencontrerai. Je ne les ai pas dissimulées à Marie-Pierre. J'ai l'ambition de construire par mon seul travail, et avec elle, une existence qui puisse la combler.

Mais ce que j'espère de votre équité, c'est que vous conserviez à Marie-Pierre une affection qui réponde à l'immense amour qu'elle vous porte, à moi-même une estime dont je ne pense pas avoir démérité.

Je mesure la peine que je vous cause. Permettez-moi de vous dire que je la ressens très profondément et qu'elle seule peut diminuer mon bonheur. Si votre attitude m'avait laissé espérer qu'une attente supplémentaire pouvait l'atténuer, je m'y serais résigné. Votre fin de non-recevoir formelle montre l'inutilité de tout délai. Elle explique ma hâte de faire à Marie-Pierre une situation claire, dont sont exclus les longs déchirements.

Les circonstances de mon mariage ne sont pas celles que j'aurais choisies si j'avais pu me décider librement. Seul les commande le désir que vous ne voyiez pas dans une publicité inopportune un geste déplacé.

Je compte partir avec Marie-Pierre à Méaudre (près de Villard-de-Lans) où elle trouvera les soins que nécessite une convalescence maintenant très avancée.

C'est là que j'en ferai ma femme, à une date que nous vous ferons savoir dès que nous pourrons la préciser. La présence de la famille de Marie-Pierre à nos côtés ferait notre joie complète. Je n'ose l'espérer. C'est pourquoi je prends aujourd'hui, devant vous, l'engagement d'aimer et de protéger Marie-Pierre dans toute la mesure de mes forces.

Je pense superflu d'ajouter que rien dans mes paroles et dans mes actes ne tendra à la séparer de ceux qu'elle aime. À tout moment, nos existences, nos cœurs vous seront ouverts.

Je sais le peu de poids des mots. Aussi est-ce sur ma vie, sur le bonheur de Marie-Pierre que je compte pour vous convaincre qu'elle ne déméritera pas en m'épousant, du destin que vous étiez en droit de souhaiter pour elle.

Je vous prie, monsieur le Duc, d'accepter l'expression de mon profond respect.

Simon Nora

À son tour, Marie-Pierre écrivit de son mieux à son père. Il lui semblait qu'elle allait vers un avenir absolument nouveau, riche de potentialités. Elle avait l'extraordinaire impression de vivre chaque instant, de vivre sans amarres. Simon avait téléphoné à Méaudre où l'on pouvait les marier tout de suite. Elle l'aimait. Elle le voulait heureux de tout son cœur. Il était si généreux.

La patiente prévint la clinique qu'elle se promènerait avec lui un quart d'heure au soleil ; la terre apparaissait sous la neige. Ils se rendirent alors dans un petit chalet prêté par une amie au bord du lac. Ils se retrouvèrent complètement. Ces longues caresses, cette tendresse autour. Puis la prise, ce galop suprême où le mouvement ne séparait plus, mais reliait, engendrait. Profondeur de leur intimité, de leur entente. Le soir, ils discutèrent, puis allèrent boire un grog dans une boîte de nuit dansante à Montana, retrouvant l'amie anglaise de Jean, propriétaire du chalet.

Le lendemain, le couple décida d'aller patiner au lac où ils dansèrent un pas de deux sur la glace, un ballet aussi inespéré que ce retournement de situation. Simon virevoltait avec une adresse inattendue. Ils se laissèrent tomber ensemble sur la rive enneigée, portés par un tourbillon périlleux et l'émotion amoureuse. Ils étaient libres, la guerre était finie, ils s'aimaient. Tout de l'avenir leur était ouvert.

Lorsqu'ils rentrèrent à pied, entre les sapins sur la neige bleue, Marie-Pierre fut, cependant, prise d'un violent accès de fatigue. Elle s'accrocha à lui. Ils arrivèrent, aussi épuisés l'un que l'autre, au chalet avant de partir à la clinique. Ils parlaient ensemble – douceur de ce premier geste. Simon lui dit qu'il retrouvait, en l'épousant, le judaïsme. C'est là que Marie-Pierre comprit la dimension mystique de leur engagement amoureux.

La jeune femme avertit enfin le directeur qu'elle comptait s'en aller définitivement, étant majeure et libre de ses actes. Simon lisait sur la terrasse de la chambre pendant que les Schwesters chantaient

Noël dans le hall de la Moubra. Elle écrivit toute la matinée à son père, soupesant chaque tournure de phrase, afin d'atténuer le choc de cette décision qu'il considérerait comme une trahison. Elle savait que ce serait la fin de sa relation avec sa famille. Elle disait adieu aux siens, à leurs valeurs, aux châteaux, aux amis et au luxe princier dans lequel elle avait été élevée, pour faire le choix de l'homme qu'elle aimait et du monde qu'il représentait. Elle fit ses bagages dans un état de célérité voisin de l'exaspération.

Simon vint la retrouver en taxi à dix heures et quart. Le ciel était gris ; elle fit ses adieux au personnel de la clinique. La voiture filait le long d'une rivière très verte, dans une campagne soignée, et ils chantonnaient, serrés l'un contre l'autre dans le taxi.

Dans le wagon-restaurant, ils parlaient à bride abattue de la vie qu'ils allaient mener. Sur la surface du lac, les stries créées par le souffle du vent leur parurent de bon présage. Ils traversèrent Genève embrumée, Jean-Jacques Rousseau encadré de plaques plombées, du Rhône, et de canards, et passèrent devant la cathédrale qu'ils n'auraient pas le temps de voir. Les quais étaient paisibles, les magasins éteints.

Ella Maillart les accueillit pour le déjeuner. Aux yeux de la célèbre exploratrice blonde, amie de

May, la conquête de leur liberté amoureuse semblait bien mince, comparée à ses propres expéditions interdites en Chine et au Turkestan. Elle les regarda avec gentillesse, mais ne les défendrait pas face à May, sa principale mécène… Un petit hôtel les abrita dans une rue du vieux Genève. Marie-Pierre avait l'impression d'entrer en dissidence et de pousser à chaque pas un lourd interdit. En même temps, elle respirait la liberté et l'amour de Simon la portait. Elle atteignait l'âge adulte et accomplissait ce que Sartre allait ériger en morale générale.

Leurs sacs de victuailles et de cigarettes passèrent la douane sans difficulté. Dans la salle d'attente du train, une vieille femme au profil volontaire, très belle dans un manteau noir, des bottillons impeccables et un filet à larges mailles et à poignée dorée, les scrutait bizarrement. Atmosphère de fuite et de conquête. Simon et Marie-Pierre ressemblaient à des migrants. Lui, bronzé avec sa casquette bleue. Elle, en manteau marron, une grande écharpe jaune sur la tête. Ils se rendirent compte que s'ils se perdaient en route, ils ne se retrouveraient peut-être jamais. La jeune Parisienne voyait bien là les réflexes de maquisard de Simon. Un rendez-vous précis fut fixé à Grenoble.

Méaudre apparut : une rue d'abord, presque un sentier, entre des collines de pins. C'était un hameau plus qu'un village, parsemé de fermes avec leurs cultures et leurs champs aux alentours. On avait peine à croire que la famille Nora y avait trouvé refuge et que des drames s'étaient produits dans une telle quiétude rurale. Mme Blanc, la patronne de l'hôtel, blonde, pâle, germanique, avec un foulard gris sur la tête, les héla dans le noir. Ils la suivirent jusqu'aux trois marches de l'entrée du bâtiment. Pendant que Simon cherchait leurs bagages dans la nuit, Marie-Pierre se réchauffait au bistrot de Tio Tio.

Il était neuf heures et demie. Ils se tenaient assis devant une soupière qui embaumait, dans une grande salle blanche, un arbre de Noël aux bougies usées dans un coin de la pièce. La jeune femme observait à la fenêtre un toit chargé d'ardoises qui portaient un plateau de neige, un morceau de maison grise, et la pente de la montagne, couverte de sapins en oblique.

Le lendemain, ils allèrent rencontrer les Odemard. La place formait un rectangle écrasé en longueur, entouré de maisons, dont la boulangerie, rose aux volets rouges, et la mercerie, grise aux volets bleu-vert, prenaient l'air d'illustrations touristiques. Dans l'alignement de quelques arbres, petits et sages, se trouvaient l'église et le presbytère.

Le premier contact avec la « maison Odemard », comme on l'appelait ici, c'était la chaleur du poêle et les yeux inquiétants de la femme, mélange d'intelligence intrigante, pro-catholique avec des sursauts de sentimentalité. La conversation avec Mme Odemard était toute de phrases inachevées, de bonnes intentions et de sous-entendus.

Il en ressortit qu'ils pourraient les marier dans quelques jours s'ils acceptaient d'être inscrits comme résidents à Méaudre. Pour le mariage religieux, il fallait voir le prêtre. Simon s'informa. « Vous ne l'aimez pas », dit Mme Odemard, discrètement, en parlant du curé de Méaudre. Son mari arriva sur ces entrefaites. Marie-Pierre se sentait intimidée, bien qu'accueillie à bras ouverts. Monsieur le maire était un type d'une cinquantaine d'années, râblé, avec un visage aigu, redressé de prunelles vertes qui regardaient de haut, sous un béret très large.

Ils passèrent deux heures à parler. Elle les écoutait évoquer le passé, quand les Allemands étaient venus chercher Simon et Jean, que le maire les avait cachés dans la grange sous le foin, lorsque Simon était rentré après la grotte des Fées, Mme Nora sous l'avion allemand, Germaine... Tout cela dans la chaleur et la camaraderie.

Ils rentrèrent gaiement à l'hôtel. Simon et sa fiancée étaient également heureux de cet après-midi, simple, vrai. Qu'ils le sentent, qu'ils s'y plaisent et s'y épanouissent confirmait ce qu'elle avait toujours pensé, et les « familiarisait » encore davantage, si c'était possible.

Ils avaient télégraphié aux parents de Marie-Pierre pour prévenir qu'elle était bien arrivée et leur donner leur adresse.

Elle avait décidé d'aller à la messe pour rencontrer ensuite le curé. L'église était petite, cintrée, ancienne et repeinte. Une grande crèche reposait dans un coin, éclairée par un rayon de soleil. Tous les chants étaient entrecoupés de prières, sauf le *Gloria*. Le curé lui donna rendez-vous avec Simon et Mme Odemard, qu'elle retrouva sur le seuil du parvis. Ils ne pourraient se marier que le lundi suivant en raison des délais d'affichage des bans qui devaient être respectés – notamment à cause de sa famille.

Le curé leur tint des propos administratifs. Puis en l'absence de Simon, il s'ouvrit à la fiancé de la difficulté des mariages entre catholiques et juifs. Marie-Pierre ne pouvait s'empêcher de rire. Mais Simon prit cela très mal lorsqu'elle le lui raconta et ne prononça plus un mot de tout le déjeuner.

Simon lui raconta, plus tard, comment il était parvenu à se glisser, une nuit, entre deux sentinelles allemandes, dans cette maison haute et sage entre ces quelques arbres. « Les deux années les plus importantes de ma vie », lui dit-il. Comme elle comprenait cela ! Comment dire cette tendresse qu'elle éprouvait, cet amour qui triomphait dans la nuit...

May appela Paul pour lui annoncer une nouvelle stupéfiante. Pierre et elle étaient tous les deux sous le choc. Marie-Pierre avait quitté la clinique avec son amant juif, et avait fui en Isère pour l'épouser. Le directeur de la Moubra les avait prévenus, il n'avait rien pu faire pour l'empêcher de partir. Celle-ci avait télégraphié à ses parents pour qu'ils l'appellent, ce qu'ils n'avaient pas fait. Pierre devait avoir aujourd'hui une explication avec le docteur Nora. May accusait le coup, mais n'avait pas renoncé.

« Vous vous rendez compte que le jeune juif a décidé qu'ils se marieraient dans le Vercors, où il a "combattu" ?

– Vous imaginez un soldat de 1914 se mariant à Verdun parce qu'il y a reçu des obus sur la tête ! Ou Napoléon célébrant ses noces à Austerlitz et Blücher à Waterloo ! Les juifs sont incorrigibles de mauvais goût ; *they always overdo it* », ironisa Paul. « Dans un an, vous aurez pardonné et dans deux ans, le juif vous tirera d'affaire. *Every cloud has its silver lining.* Après tout, les juifs sont nos vainqueurs. Ils ont laissé six millions de morts dans la bagarre, sans que cela ne leur coûte rien, au contraire », consigna-t-il, comme toujours en fin de journée, dans son journal.

La veille du mariage, ils avaient écrit des lettres tout l'après-midi puis étaient allés voir le curé. Marie-Pierre avait attrapé un rhume. Simon et elle étaient éreintés et émus. À la Moubra, ils s'étaient juré loyauté, fidélité et amour.

Beauté de Méaudre sous la neige cet après-midi-là. Elle repensait à son père, et aux conventions sociales qui réduisaient à néant son libre arbitre.

Ils se firent réveiller à huit heures moins le quart, car il leur fallait prendre le car de dix heures. Simon se faisait beau. Marie-Pierre enfila son fuseau et se couvrit de tricots. Elle avait le nez complètement bouché. Chez Tio Tio, ils rencontrèrent Melle Barral, sa mère, Spitz et sa femme, qui la félicitèrent avec émotion. Ils embrayèrent pour Villard. Elle, à côté de la mère, Simon, à côté de Melle Barral, qui, à demi retournée vers la fiancée, dénonçait de son nez pointu et de son rire enfantin, le curé de Méaudre et l'expansion de la papauté.

Alors qu'ils étaient arrivés sur une place où l'arrêt était très long, le jeune homme en profita pour acheter de l'argyrophédrine à Marie-Pierre, qui l'enfila discrètement dans son nez, car ils étaient seuls dans le car. Comme il craignait d'être en retard, il partit chercher le taxi chez Huillier. Leur conducteur fit des manœuvres remarquables dans la neige et les voilà, Simon et elle, main dans la main, suivant le petit sentier entre les arbres, qui menait, pour une fois, à la grande porte de l'étude. Ils se retrouvèrent chez le notaire, visage chafouin, homme trapu. Lecture interminable du contrat et signature. Et repartirent soulagés d'être sortis de la pièce empoussiérée et miteuse.

Après la remontée des austères gorges jusqu'à Méaudre, le plateau disparaissait dans un brouillard complet. À l'entrée du village, les gosses qui avaient aperçu la voiture crièrent : « Vive la mariée ! » Devant l'hôtel Blanc piétinait Mme Odemard, comme la dévote dans son livre d'enfants. Elle avait des bottines, une pelisse beige à fourrure et un chapeau. Elle embrassa la future mariée avec émotion.

Au même moment, un gamin courut chez le barbier, avec un télégramme pour monsieur le maire. Celui-ci se faisait coiffer pour la cérémonie. Il lut le télégramme, soupira, l'air accablé, et ferma ses yeux pendant que le barbier parachevait son rasage.

monsieur le maire stop fais appel à votre honneur de français et d'ancien combattant stop vous conjure de ne pas marier ma fille à simon nora stop je répète honneur de français et d'ancien combattant
sincèrement brissac

M. Odemard ouvrit les yeux après que le barbier eut passé la serviette. Il fit une boulette du télégramme, et la lança adroitement dans la poubelle de l'échoppe. Puis il prit son manteau et, à pas lourds, se dirigea vers sa mairie.

Tout le monde entra pour se réchauffer tandis que Marie-Pierre se précipitait pour se changer. La jeune fille de l'hôtel vint l'aider à enfiler ses chaussures, sa robe de velours bleu, son manteau. Elle fixa son voile avec deux épingles à cheveux. Marie-Pierre était prête. Elle se rendit au bras de Mme Odemard de l'hôtel à la mairie. M. Odemard sonna à la fenêtre. On avait préparé pour eux deux fauteuils immenses.

Très ému, le maire, surmonté de son béret, lut les articles du Code civil; puis il leur posa la question traditionnelle. Ils étaient bouleversés et après le oui, Marie-Pierre tomba dans les bras de son mari. Tout le monde reniflait. La jeune mariée pouvait à peine signer de son ancien nom. Après avoir embrassé toute l'assemblée, ils ressortirent. Marie-Pierre avait la gorge tellement serrée qu'elle n'osait respirer. Elle s'appuyait de tout son poids contre Simon.

À l'hôtel, M. Blanc la félicita et l'appela « Madame ». Tout ce que signifiait ce terme... Avoir obtenu la situation qu'on avait choisie et l'habiter de grand cœur. Elle monta un instant se recoiffer. Quand elle redescendit, la noce avait déjà pris l'apéritif. Une douzaine de maquisards à bérets, assis en silence autour de tables, se réchauffaient avec quelques verres.

À table, Marie-Pierre ne pouvait toujours pas respirer. Les vins étaient bons, le repas aussi: bouchées à la reine, veau farci, gratin dauphinois, gâteau, crème et liqueurs. Tout se détendit petit à petit. À la fin du déjeuner, Mme Odemard glissait de son siège parce qu'elle avait trop bu, et M. Odemard commençait à balancer les épaules de droite à gauche.

M. Tret fit venir son fils de dix-sept ans avec son accordéon. Un môme au visage grave, des yeux gris sous une tignasse blonde, joua sans trêve jusqu'à onze heures du soir, le menton incliné sur son instrument qui paraissait l'accabler. On était entre chien et loup, les gosses écrasaient le nez sur les vitres embuées et jetaient de grands éclats de rire quand quelqu'un entrait ou sortait.

On chanta le *Chant des Pionniers du Vercors*. Puis Tio Tio poussa une romance attendrissante sur « ma petite Margot qui vint à Paris et y mourut ». Constantin chanta, et Marie-Pierre aussi, malgré son extinction de voix.

L'assemblée se mit à danser, timidement puis avec entrain. Simon et Marie-Pierre tourbillonnèrent et, alors qu'elle se reposait, Masson, un gars du pays, lui dit : « Kim, ça, c'est un vrai résistant, un pur ». Il la félicita les larmes dans les yeux.

Mais il se faisait tard. Les godasses de montagne virevoltaient gaiement sur le plancher. Après quelques mots émus de Masson, que Simon remercia, ainsi que tous ceux qui étaient venus, ils repartirent tous deux pour l'hôtel. Le village n'entendait pas les abandonner ainsi, et vite l'hôtelier leur dit qu'il leur fallait se déshabiller et se coucher pour la « rôtie ». Celle-ci, qui consistait en un pot de chambre décoré de papier de chocolat et rempli de vin blanc doux et sucré, s'annonça par un air d'accordéon en bas de l'escalier. En l'entendant approcher, elle se serra contre son mari. La porte s'ouvrit et entrèrent dans la chambre, Mathieu, Fret, M. Cl. Bussion, Suzanne Reppelin, Tio Tio, et un colonel, suivi du petit môme aux yeux bleus, digne comme un archevêque.

Un gars passa une serviette autour du cou de la jeune mariée. Il fallait boire sans rien renverser, à même le récipient. C'était bon et chaud. Chacun se servit. Simon en prit à son tour. Tio Tio remarqua en regardant sa chemise : « Si je devais coucher avec une femme, je ne m'habillerais pas comme ça ! ». « Reviens dans une heure », cria Simon en éclatant de rire. Marie-Pierre s'enfonça au fond du lit. L'accordéon joua un dernier air et tout le monde leur dit bonsoir, laissant des verres pleins sur la table de nuit.

Leur étreinte fut triomphale de joie et de force, pour leur première nuit complète ensemble. Puis, harassés, Simon et Marie-Pierre s'endormirent chacun de leur côté.

Paul reçut une lettre de May : Marie-Pierre s'était mariée le 7 janvier en Isère.

La presse de Paris l'avait annoncé le soir même. Pierre était anéanti.

Elle aussi.

146 81 73
125 73 75
116 71 69

Cet ouvrage a été composé
par Maury à Malesherbes
et achevé d'imprimer sur Roto-Page
par l'Imprimerie Floch à Mayenne
pour le compte des Éditions Stock
21, rue du Montparnasse, 75006 Paris
en août 2022

PAPIER À BASE DE FIBRES CERTIFIÉES

Stock s'engage pour l'environnement en réduisant l'empreinte carbone de ses livres. Celle de cet exemplaire est de :
1,1 kg éq. CO_2
Rendez-vous sur www.editions-stock-durable.fr

Imprimé en France

Dépôt légal : août 2022
N° d'édition : 01 – N° d'impression : 100833
63-51-2868/2